THÉODORE MAURER

Les Femmes de Shakespeare

PARIS
En la Maison des Poètes

Les Femmes de Shakespeare

Cet ouvrage, le cinquante-quatrième auquel EDMOND GIRARD *a donné ses soins, a été tiré à 350 exemplaires : 8 Hollande Van Gelder, numérotés de 1 à 8, et 342 papier alfa, numérotés de 9 à 350.*

Prix des exemplaires sur papier Hollande . . 10 fr.
— alfa . . . . . 3 »

EXEMPLAIRE N° 321

Du même auteur :

LA COMÉDIE ITALIENNE (ALPHONSE LEMERRE, éditeur).

Pour paraître prochainement :

PLAISIR D'AMOUR.

THÉODORE MAURER

Les Femmes de Shakespeare

SONNETS BIBLIQUES — SONNETS ÉVANGÉLIQUES
LA CHANSON DES COULEURS — TALONS ROUGES — SUR LA FRISE
SUR LA CIMAISE — CAPRICES — SELON L'HEURE
MON FILS

Se trouve, à Paris

En la Maison des Poètes

42, RUE MATHURIN RÉGNIER, 42

A un pôle, lady Macbeth, à l'autre, Titania.

(VICTOR HUGO.)

A THÉODORE MAURER

pour ses sonnets sur

LES FEMMES DE SHAKSPEARE.

La source est pure et bien choisie
Qu'offre à ta Muse ce géant.
Bois encore. Ta poésie
Grandit, Shakspeare l'agréant.

Ce prodigieux faiseur d'âmes,
Plus harmonieux qu'un amant,
Trouva des noms divins de femmes
Qui charment éternellement.

Tu les connais et tu les chantes
Ces fleurs d'esprit, ces fleurs d'amour
Que le heurt des choses méchantes
Incline ou blesse sans retour;

Ces princesses au cœur farouche,
Exhalant, en disant la leur,
La plainte humaine par leur bouche
De passion et de douleur;

Les jeunes, les blanches, les mortes,
Celles d'hier et d'autrefois,
A qui le rêve ouvre ses portes
Pour la musique de leur voix...

Dis-nous combien elles sont belles,
Puisque ton vers en est plus beau,
Touchant la poudre de leurs ailes
Ou la cendre de leur tombeau!

ALBERT MÉRAT.

À Albert Mérat

A ALBERT MÉRAT

Depuis vingt ans et plus que nous nous connaissons,
Mon cher Mérat, mon cher ami, mon cher poète,
J'évoque, et bien souvent, et comme un soir de fête,
Le soir où tu me lus tes premières chansons.

Nous nous sommes aimés comme de francs garçons :
La main à la loyale étreinte toujours prête.
Un peu de ton talent dans mes vers se reflète ;
Car j'ai reçu de toi mes meilleures leçons.

Nous voici l'un et l'autre au penchant de la vie ;
Mais, sans nous écarter de la route suivie,
Nous réglons notre pas au son des rythmes d'or.

L'Amour du Beau nous fit un cœur que rien n'entame.
Va, l'heure est douce à qui, comme nous, peut encor
Voir fleurir une rose et sourire une femme.

Les Femmes de Shakespeare

Les Femmes

HÉLÈNE

A Gustave Moreau.

Pâris, mon Seigneur, qui est là en personne, accompagné de la Vénus mortelle, de la beauté pur sang, de l'âme visible de l'Amour.

(Troylus et Cressida.)

La Tyndaride, au faîte du palais, respire
L'air matinal. Son corps rythmique aux nobles lignes,
Montre, pétri de lys et de neiges insignes,
La courbe harmonieuse et molle d'une lyre.

Nul cœur qui ne l'évoque en un ardent délire;
Car son bras, arrondi comme le col des cygnes,
D'un seul enlacement change en Dieux les moins dignes.
Hélène et le Matin se regardent sourire.

Sa chevelure lourde, où la perle étincelle,
Sur son épaule nue en ondes d'or ruisselle.
Vénus, à l'horizon nacré, pâle, s'efface.

L'Aurore épanouit sa pourpre éblouissante.
Et sous ce calme ciel qui la sait innocente,
Hélène et le grand jour se regardent en face.

PERDITA

A Frédéric Mistral.

Je vais m'embarquer sur mer avec celle qu'il m'est interdit de posséder sur ces rives.
(Le Conte d'Hiver.)

La *Fête des Toisons* a rempli la chaumière
De pasteurs aux habits enrubannés. Leur voix
Rustique, mariée au timbre du hautbois,
Fait plus allègre encor ta gaîté coutumière.

Tes longs cheveux de soie et tes yeux de lumière
Vont mettre, ô Perdita! plus d'un cœur aux abois.
Tu donnes à chacun quelque humble fleur des bois,
Plus belle à leur regard que la rose trémière.

Soudain est apparu Polixène en courroux.
Mais tandis qu'inclinant vos fronts pâles et doux,
Ton Florizel et toi tremblez sous l'anathème,

Pour la fuite, déjà, le poète divin,
Dans un port fabuleux de la *mer de Bohême*,
Grée un svelte navire aux voiles d'argent fin.

BÉATRICE

A Jacques Madeleine.

Par mon épée, Béatrice, tu m'aimes!
(Beaucoup de bruit pour rien.)

Je t'aime ou je ne t'aime pas;
Esprit perspicace, devine.
Il est une chanson divine
Que mon cœur chuchote tout bas.

Est-il joyeux, mon cœur?... Hélas!
L'homme est fin; la femme est plus fine.
Une oiselle, dans la ravine,
Dit oui, puis, non, d'un gosier las.

Je ne t'aime pas ou je t'aime.
Veux-tu que nous brodions ce thême
Tout le jour et toute la nuit?

Le jour est bleu, la nuit est brune.
J'ai dans l'âme un rayon de lune...
Suis, l'on te fuit; fuis, l'on te suit.

HÉRO

A Paul Bourget.

DON PÉDRO.

Ah! c'est bien la première Héro! la même qui est morte.

LÉONATO.

Elle n'est restée morte, Monseigneur, que tant que son déshonneur a vécu.

. . . .

Parlez bas, si vous parlez amour.

(Beaucoup de bruit pour rien.)

Tu le vois, Claudio, la morte était vivante!
L'Amour s'étant assis au seuil de mon tombeau,
J'ai rallumé mon cœur à son ardent flambeau,
Et suis la Fiancée heureuse et triomphante.

Je souffrais tant, hélas! sous la pierre étouffante
Qu'un doute injurieux fermait d'un triple sceau!
L'âme ressuscitée a des ailes d'oiseau;
Et, t'ayant pardonné, te revient plus fervente.

Elle va te parler silencieusement;
Car seule l'âme sait et dit le mot charmant,
Le seul essentiel, le seul cher, le seul tendre.

— En silence, ô mon âme! en silence, tu veux
Lui faire l'aveu doux entre les doux aveux...
Et le bruit de ma voix l'empêcherait d'entendre.

CORDÉLIA

A Maurice Bouchor.

Prêtez-moi un miroir; si son haleine en obscurcit ou en ternit la glace, eh bien! c'est qu'elle vit... Cette plume remue! elle vit!

(*Le roi Lear.*)

Morte! Cordélia morte!... Mon cœur se fend!
Mais non, je ne vois point que son beau front pâlisse...
Morte? Oh! Non! Elle avait l'innocente malice,
Jadis, de simuler le sommeil. On défend

Ces jeux-là; mais, que sonne un rire triomphant,
On pardonne et l'on rit. — Encor ce fou caprice?...
Pour jouer avec elle et bercer mon enfant,
Je voudrais bien savoir des chansons de nourrice.

Elle semble vraiment reposer. Point de bruit
Alors! Sur ses yeux clos pose et sois douce, ô Nuit!
Et vous tous, si votre âme encore m'est amie,

Ne parlez pas, ne bougez pas, ne troublez pas
D'un mot, ou d'un murmure, ou d'un geste, ou d'un pas,
Le père qui s'endort ni la fille endormie.

VOLUMNIE

A Maurice Faure.

Si ma requête est injuste, dis-le et chasse-moi ; si elle ne l'est pas, tu manques à l'honneur, et les Dieux te châtieront de m'avoir refusé l'obéissance qui est due à une mère. Il se détourne ! A genoux, femmes !

(Coriolan.)

Ton oreille, endurcie au fracas des armures,
Est sourde à la prière et fermée aux sanglots.
Rome t'implore en vain : les jours d'honneur sont clos.
Nos cris et nos clameurs t'arrivent en murmures ;

Ils n'amolliront point l'orgueil où tu te mures.
— Nos ennemis, naguère, expiant leurs complots,
Sous ton glaive vengeur versaient leur sang à flots :
Telles sous le pressoir saignent les grappes mûres.

Quelle atroce fureur, dis, te ligue avec eux ?...
Ah ! vaillant entre tous, entre tous belliqueux,
Lorsque tu te ruais dans la rouge tuerie,

Combien tu semblais grand, mon fils à Mars pareil !
— Nul ne l'est plus encor que toi sous le soleil,
Hors ta mère à tes pieds pleurant sur sa patrie.

JULIETTE

A Edmond Girard.

Veux-tu donc partir? Le jour n'est pas proche encore : c'était le rossignol et non l'alouette dont la voix perçait ton oreille craintive. Toutes les nuits, il chante sur le grenadier, là-bas. Crois-moi, amour, c'était le rossignol.

(Roméo et Juliette.)

L'alouette chantait : « Fuis, le soleil se lève! »
Pleurante tu disais, avec un tremblement :
« Nulle nuit, Roméo, jamais ne fut si brève.
Il n'est pas jour encore, et l'alouette ment. »

Et tandis que l'oiseau nous harcelait sans trêve,
Je contemplais un astre ineffable et charmant,
Et tel que l'œil humain n'en saurait voir qu'en rêve,
Luire dans ton regard, mystérieusement.

— Je suis loin, seul; je pense à toi. Je me rappelle,
Pâle comme une lampe au fond d'une chapelle,
L'étoile. Et je me suis demandé, tout le jour,

D'où venait sa douceur infinie et son charme...
C'est qu'elle était éclose en tes yeux, mon amour;
Et qu'elle y palpitait à travers une larme.

OPHÉLIE

A Maurice Barrès.

Votre sœur est noyée, Laertes.
(Hamlet.)

Les suaves aveux dont la langueur enjôle
Avaient pris ton cœur simple en de subtils réseaux.
Et rien ne fut si doux, ni le chant des oiseaux,
Ni les souffles de juin effleurant ton épaule.

Vint la folie... et vint la mort. — Hélas! le saule
Pleure sur toi, gisante au milieu des roseaux.
Et ton front blême, ceint de pâles fleurs des eaux,
Ne sent point le baiser de l'algue qui le frôle.

Quand du songe défunt tintait le triste glas,
Te disais-tu qu'il n'est nul bonheur ici-bas;
Et que plus longue encor l'amour eût été brève?

Disais-tu, comme Hamlet : « Mourir! dormir! rêver
Peut-être! » Et gardais-tu l'espoir de retrouver,
Dans un sommeil sans fin, la suite de ton rêve?

CONSTANCE

A Gabriel Delamare.

LE ROI PHILIPPE.
Vous raffolez autant de votre douleur que de votre enfant.
CONSTANCE.
La douleur occupe la place de mon fils absent; elle couche dans son lit; elle va et vient avec moi; elle prend ses jolis airs, me répète ses mots... *(Le roi Jean.)*

Le lit de mon enfant n'est point vide; j'y couche
Ma douleur. Ma douleur me parle; et c'est la voix
De mon fils que j'entends. Cette ombre que je vois
Ressemble à mon enfant; elle a ses yeux, sa bouche;

Elle a son pâle front, que je baise, farouche.
Je la prends dans mes bras, ma douleur; et je crois
Sentir de fins cheveux où je glisse les doigts :
Et ce sont les cheveux de mon fils que je touche.

Mon fils chantait; ma douleur chante. Il était doux;
Elle est douce. J'ai pour elle des soins jaloux :
On ne me prendra point ma douleur, je l'atteste.

Mon fils rêvait; voyez, ma douleur rêve. Elle est
L'être né de mon sang et nourri de mon lait.
On m'a volé mon fils; mais ma douleur me reste.

OLIVIA

A Georges Courteline.

Qu'on me donne de la musique.
(Le Soir des Rois.)

Le duc d'Illyrie a le cœur navré.
« Pages, accordez guitare et mandore!
O belle! que tant de grâce décore,
Aime-moi, sinon, las! je pleurerai. »

Tel chante le duc, galamment paré :
« Bien qu'il nous soit doux l'amour qu'on implore,
L'amour qui se donne est plus doux encore.
Aime-moi, sinon, hélas! je mourrai. »

Tel chante, navré, le duc d'Illyrie.
D'amer déconfort l'âme endolorie,
Le duc s'étiole et tombe en langueur.

Qui n'aurait pitié d'un amant si rare?
— Mais de la mandore et de la guitare
Semble s'échapper un rire moqueur.

MIRANDA

A Ernest Prévost.

Tu as envie de dormir. C'est un assoupissement salutaire. Laisse-le te gagner.
(La Tempête.)

Le frais matin distille en perles la rosée.
Clos tes yeux, Miranda, cependant qu'Ariel,
De tous les fils ténus épars au vent du ciel,
Va, diligent, tisser ta robe d'épousée.

La pente où mollement ta tête s'est posée
Est fleurie, et l'abeille y butine son miel.
Or, voici qu'un baiser presque immatériel
A caressé ta joue exquisement rosée.

Car le preste lutin qu'enhardit ton sommeil,
Espiègle, a glissé sur un rayon de soleil,
En des lueurs de prisme où son aile s'irise.

— Mais de l'aube l'aurore a doré les pâleurs...
Ariel à son tour s'endort; et, dans la brise,
Berce un songe inquiet au calice des fleurs.

IMOGÈNE

À Raoul Gineste.

Avec tout ce qui est joli,
Ma douce dame, lève-toi.
(Cymbeline.)

L'alouette s'éveille ; écoute
Son chant où palpite un aveu.
Vois, d'Apollon le char de feu
Creuse un sillon d'or sur sa route.

Des prés humides, que veloute
Et moire l'herbe, peu à peu,
Monte, opaline dans l'air bleu,
La rosée en vapeur dissoute.

Vois clignoter l'œil du souci ;
Vois les violettes aussi
Ouvrir leurs yeux parmi les mousses.

L'aurore, d'un baiser vermeil,
A fait concorder ton réveil
Avec celui des choses douces.

MARIANNE

A Jules Massenet.

J'implore votre pardon, Messire. J'aurais volontiers souhaité que vous ne m'eussiez pas trouvée si occupée de musique. Laissez-moi m'excuser en vous avouant que ma gaité s'en attriste comme mon chagrin s'en égaie.
(Mesure pour mesure.)

De la musique, encore un peu! de la musique,
Encore un peu! de la musique, encore un peu!
— Comme nos yeux, qu'un ciel lumineux et trop bleu
Lasse de sa splendeur, souffrent un mal physique,

En plein bonheur mon cœur devient mélancolique;
Mais un lied amoureux où s'émeut un adieu
M'inquiète. On dirait d'un lutin qui, par jeu,
Fait planer un chagrin sur une bucolique.

Suis-je triste, un *scherzo* m'égaie; et l'on dirait
D'un lutin qui, par jeu, raille mon mal secret.
Donc, qu'une voix résonne ou qu'une corde vibre,

Selon que je sens l'ombre ou la lumière en moi,
Atténuant la joie ou palliant l'émoi,
La musique remet mon âme en équilibre.

PORTIA

A Edmond Haraucourt.

Votre père fut toujours vertueux; et les saints personnages ont à leur mort de bonnes inspirations. Voilà pourquoi cette loterie, imaginée par lui, et en vertu de laquelle vous appartenez à celui qui choisit, suivant son intention, entre ces trois coffrets, d'or, d'argent et de plomb.

(Le Marchand de Venise.)

Un sûr instinct t'a dit que nul coffret banal,
Fût-il d'or ou d'argent, n'était digne d'enclore
Notre destin : l'argent est vil, l'or plus encore.
Un couvercle de plomb pesait sur l'Idéal.

Mais l'Idéal, quittant la prison de métal,
S'élance d'un grand vol éperdu vers l'aurore.
Et voici qu'à présent roule, en l'orgue sonore,
A flots harmonieux notre hymne nuptial.

Ami, l'homme inquiet, et qui craint les désastres,
Veut sonder l'avenir; et, dans le cours des astres,
Par les soirs constellés cherche un présage heureux.

C'est au ciel de mes yeux que réside le Signe;
Tu le découvriras en te penchant sur eux.
Là, ton Étoile luit, tutélaire et bénigne.

JESSICA

Le calme, le silence de la nuit conviennent aux accords de la suave harmonie.
(*Le Marchand de Venise.*)

A Camille Saint-Saëns.

Le pâle clair de lune
Luit sur le parc dormant.
Aucun frémissement
D'arbre! de brise, aucune!

Plein calme! — Deux voix : l'une
Triste, ineffablement,
Qu'une autre, par moment
Trop joyeuse, importune.

Et le duo d'amour,
Tendre, mais tour à tour
Fol et mélancolique,

Pleure et rit dans la nuit.
— Jessica, point de bruit :
Écoutons la musique.

SILVIA

A Jean Moréas.

J'ai un sonnet qui fera parfaitement l'affaire,
comme prélude à ton beau programme.
(Les deux gentilshommes de Vérone.)

Ton rire, c'est un rire de flûte;
Et c'est, ta voix, une flûte encore,
Dans les sons du médium sonore.
Ton oreille est la fine volute

D'un coquillage, où la grâce lutte
Avec l'éclat d'iris qui décore
La pâle nacre. Un rien d'ambre dore
Ton teint pareil au méteil qu'on blute,

Et qui s'étale en fine farine.
Mais le va-et-vient de ta poitrine,
Au rythme égal d'ondulentes palmes,

Ou de flots lents mourant sur la grève,
C'est le berceau que rêve mon rêve
Pour se bercer au chant des vers calmes.

DESDÉMONE

O ma belle Guerrière!
(*Othello.*)

A Pierre Elzéar.

Sur les flots, moutonnant comme des chevelures,
Luisaient de vifs frissons et des éclairs subits.
On voyait, sous un ciel de cuivre et de rubis,
Cingler la nef dorée aux vermeilles voilures.

Les flottants pavillons gardaient des dentelures
Qui disaient maint orage et maint assaut subis.
Nos matelots portaient de glorieux habits
Où du sang se figeait dans des bariolures.

Et leur chef, — au retour, — mon seigneur, mon époux,
Reposait sur le mien son cœur terrible et doux.
— Mais voici que, soudain farouche, il se retire,

Votre cœur. D'où lui vient ce soupçonneux émoi
Qui m'attriste, et qui fait que, détournés de moi,
Vos yeux ne veulent plus refléter mon sourire?

ROSALINDE

A Léon Dierx.

O Rosalinde! ces arbres seront mes registres; et, dans leur écorce, je graverai mes pensées.

(Comme il vous plaira.)

Orlando ne va plus rôder dans la forêt,
Et suspendre ses vers au bout des branches torses;
Il ne va plus graver ton nom sur les écorces,
En des chemins perdus où l'amour l'égarait.

Mais leur ombre pour toi garde l'ancien attrait,
Et ta coquetterie y trouve des amorces;
Car, des sèves d'avril multipliant les forces,
Dès que l'Archer divin darde son premier trait,

Tout t'accueille avec des sourires sous les branches :
La perle du muguet, pareille à tes dents blanches,
Te fait un madrigal; l'églantine en est un;

Et la brise en soupire, et la source en murmure.
Et pour dire tes yeux — compliment opportun —
Le ciel se laisse voir à travers la ramure.

LADY MACBETH

A Laurent Tailhade.

Il y a toujours une tache. Va-t-en, tache damnée!

(Macbeth.)

Qui mettra sur ta fosse une assez lourde pierre,
O spectre! — A mon chevet, dans l'ombre te dressant,
Tu viens faire saigner ta plaie; et, jaillissant,
Un flux vermeil et chaud corrode ma paupière.

Calme! oh! calme!... Essayons encore une prière...
Mais tant, mais tant de sang! Tant de sang! Dieu puissant!
Ce vieillard, eût-on cru qu'il avait tant de sang?
— Tu ne me faîs point peur; vain simulacre, arrière!

Que l'on coule à sa taille un suaire de plomb.
Dans un cercueil d'airain couchez-le tout du long.
— Ah! te voilà rigide, inerte!... Horreur! il bouge!...

Des flambeaux! apportez des flambeaux! apportez
Des torches!... Sous mes yeux, de terreur dilatés,
La tache sur ma main brûle comme un fer rouge!

LA REINE MARGUERITE

A Emmanuel des Essarts.

Abstiens-toi de dormir la nuit, et jeûne le jour.
(Richard III.)

Veille durant la nuit pour te souvenir mieux;
Jeûne durant le jour pour mieux nourrir ta haine;
Et si tu veux tenir ta rancune en haleine,
Plutôt que de pleurer arrache-toi les yeux.

Que le ressentiment, dans ton cœur ténébreux,
Soit le dogue entravé qu'à propos l'on déchaîne;
Qu'il soit pareil encore au poignard dans sa gaîne:
Caché, mais prêt à luire à ton poing furieux.

En un suprême effort dût s'exhaler ton âme,
Ranime de ton souffle et fais jaillir la flamme
Où la guerre civile allume son brandon.

Si tu passes le seuil d'une église, redoute
L'insidieux conseil qui t'attend là; n'écoute
Ni le prêtre ni Dieu trop enclins au pardon.

CLÉOPATRE

A Gustave Rivet.

Notre fortune sur mer a perdu le souffle, et sombre lamentablement. Si notre général s'était montré ce qu'il était jadis, tout aurait bien été. Oh! il nous a donné l'exemple de la fuite bien lâchement.

(Antoine et Cléopâtre.)

Comme des épis mûrs au tranchant de la faux,
Quand je donnais l'essor à ma fougue guerrière,
Les barbares tombaient sous ma main meurtrière;
Et mon renom grandit dans les sanglants travaux.

Ma gloire devint telle enfin, que mes chevaux,
Piaffant, et secouant leur flottante crinière,
Ne voulaient plus sentir, cabrés dans la lumière,
D'autres dais sur leur front que des arcs triomphaux.

Et j'ai fui!... Les rocs noirs me barraient le passage!
Les vagues me crachaient leur écume au visage!...
Fui, dans un flamboiement de vaisseaux embrasés!

Mais tes yeux ténébreux où palpitent des astres,
Tes yeux me verseront l'oubli de mes désastres.
Qu'est l'empire du Monde au prix de tes baisers!

MISTRESS GUÉ

A Fernand Hauser.

Tenez, voici un panier. S'il est de stature raisonnable, il peut se fourrer là-dedans. Vous jetterez sur lui du linge sale que vous aurez l'air d'envoyer à la lessive..

. . . .

Ma foi, il l'a battu de la plus pitoyable façon
(*Les joyeuses Épouses de Windsor.*)

Moi, John Falstaff!... sir John Falstaff!... O Mistress Gué,
Lorsqu'à ces rendez-vous, chère, vous m'appelâtes,
Si j'avais pu prévoir baignade et coups de lattes,
La galère d'amour fût demeurée au quai.

Falstaff a bu de l'eau! C'est fini d'être gai!
Tamise, maudit soit le vin que tu frelates!
Pour mon gosier, Mistress, et pour mes omoplates,
Mieux valait que vous ne m'eussiez point distingué.

De l'eau! L'on m'en gorgea, sans le moindre: *If you please.*
On m'a fort houspillé; ma peau s'arc-en-ciélise.
La peste soit de la femelle et du jaloux

Pour qui j'ingurgitai des flots de boisson fade!
Je crains que de mon corps mon âme ne s'évade...
De l'eau!... Sir John Falstaff lui préfère les coups.

Les Femmes de Shakespeare

Les Sorcières

LES TROIS SŒURS

A Maurice Rollinat.

J'ai rêvé, la nuit dernière, des trois sœurs fatidiques.

(Macbeth.)

C'est nous qui dans ton cœur ayant semé le Crime,
Avons épanoui la fleur, mûri le fruit,
Macbeth! nous, les trois Sœurs, les larves de Minuit,
Dont l'incantation fait frissonner l'abîme.

De Banquo vainement le spectre se ranime.
Macbeth est roi! Macbeth, que le Meurtre a conduit
Par le chemin sinistre où le Chien noir les suit.
Et voici sous leurs pieds l'éblouissante cime.

Macbeth règne; il est plein de gloire. Macbeth, roi,
Est revêtu d'horreur et couronné d'effroi.
Le diamant, la perle, avec l'opale blême,

Dardant de sourds éclairs, — maléfiques joyaux, —
Semblent des pleurs figés sur ses habits royaux...
Et le rouge rubis saigne à son diadème.

SYCORAX

A Henri Chantavoine.

CALIBAN.
Vous m'avez appris votre langage ; et le profit que j'en ai est de savoir maudire.
(*La Tempête.*)

Sycorax, jeune, était adorable ; elle avait,
Aux jours où l'innocence à la grâce s'essaie,
Pour couronner son front, les roses de la haie ;
Et l'Oiseau bleu battait de l'aile à son chevet.

Sycorax, vieille, était le démon que suivait
Le loup maigre, et qu'un long hululement d'orfraie
Annonçait, augural, au passant qui s'effraie,
Tandis que le vent clame et que siffle l'orvet.

Sycorax, jeune, fut moquée et méprisée ;
Hochet que brise et jette, avec une risée,
L'amant élu, l'amant aimé, prince ou forban.

Son cœur, vivant foyer d'amour, n'est plus que cendre.
Sycorax a souffert. Et la Souffrance engendre
La Haine ; et Sycorax enfante Caliban.

Les Femmes de Shakespeare

Les Fées

TITANIA

A Gabriel Vicaire.

Titania. — Viens t'asseoir sur ce lit de fleurs, que je caresse tes joues charmantes, et que j'attache des roses musquées sur ta tête douce et lisse, et que je baise tes belles et longues oreilles, mon ineffable joie!
Bottom. — Je vous en prie, empêchez vos gens de me déranger; je sens venir à moi un accès de sommeil.
(*Le Songe d'une Nuit d'été.*)

Bottom, cher âne! dors ton sommeil léthargique.
Mets-là ta tête au poil fauve moucheté d'or.
Le jaloux Obéron chasse; et le son du cor
S'éloigne au plus profond de la forêt magique.

Je gardais de l'amour le regret nostalgique.
J'aime...! Mais je me sens inquiète, en mon for
Intérieur : hélas! bien qu'innocente encor,
L'idylle si soudain peut tourner au tragique?

— Tu t'éveilles... Un elfe accourt; et, souriant,
Ceint ton front velouté de perles d'orient.
Et, comme le soleil chauffe à blanc, une fée,

Pour abriter (tandis qu'heureux nous babillons)
Ton oreille velue et drument étoffée,
Incline une frêle écran d'ailes de papillons.

LA REINE MAB

A Lucien et Marthe Chapey.

Oh ! je vois bien, la reine Mab
vous a fait visite.
(*Roméo et Juliette.*)

Sous un tendelet d'or fait d'une renoncule,
Mab paraît, dans son char gros comme une aveline.
Elle ouvre en souriant sa bouche coralline,
Et fait de grands saluts de sa main minuscule.

Le grillon qui lui sert de cocher gesticule,
Se démène, et brandit son fouet : un poil d'hermine.
Suffisant, portant beau, il se croit haute mine
Sous sa perruque à queue allongée en virgule.

Autour du char léger rôde l'essaim des rêves,
Dont le bourdonnement berce les bonnes trêves
Que le sommeil accorde aux âmes inquiètes.

Mab, en ses beaux atours couleur de lune, passe;
Cependant que la suit du regard par l'espace
Le groupe extasié des fous et des poètes.

Sonnets bibliques

La Genèse. — Samuel.*

A E. Ledrain.

* Les épigraphes de la série *Sonnets bibliques* et de la série *Cantique des cantiques* sont empruntées à la traduction de M. E. LEDRAIN.

ADAM

A Jean Richepin.

Adam fut chassé, et devant Gan-Edèn Iahvé-Élohim posta des keroubim avec un glaive de flamme recourbé pour garder le chemin de l'arbre de vie.

(Genèse.)

Père, un maître jaloux t'a vainement banni;
Car, rouvrant de l'Eden les portes longtemps closes,
L'homme, qui des effets veut connaître les causes,
Y rentre, dût-il être ainsi que toi puni.

Rien ne l'arrête, ni parfums suaves, ni
Le frais sourire éclos sur les lèvres des roses.
Il a pour le garder contre ces douces choses
Un désir de savoir grand comme l'infini.

L'Ange sans l'émouvoir fait flamboyer son glaive;
Maint fantôme charmant qui sur ses pas se lève,
A briser son élan semble s'ingénier:

Sa fixe volonté l'arme de patience.
— Malgré Dieu même, Adam, l'Arbre de la Science,
Tes fils en cueilleront les fruits jusqu'au dernier.

REBECCA

A Jean Aicard.

Les chameaux s'agenouillèrent pour se reposer en dehors du bourg près d'un puits. C'était le soir, à l'heure où les femmes sortent pour puiser de l'eau...

... Tout à coup parut Ribqa, la fille de Bethouel, fils de Milka, la femme de Nahor, frère d'Abraham. Elle avait sa cruche sur son épaule.

(*Genèse.*)

J'ai fait ce que voulut ton père vénérable :
— Je partis. J'arrivai près de leur ville; et puis,
Comme le soir tombait, en cercle autour du puits,
Je rangeai mes chameaux dans l'ombre d'un érable.

Or, l'urne sur l'épaule, une fille adorable
Vint, qui m'offrit à boire. Et je lui dis : Je suis
Venu pour te quérir. Elle dit : Je te suis.
Et je connus que Dieu nous était favorable.

Non loin paissaient des bœufs au beau pelage roux.
Ils tournèrent vers moi leur regard sans courroux;
La bave en fils d'argent pendait à leurs narines...

Et comme s'ils semblaient à leur tour consentir,
D'un geste acquiesçant ils faisaient retentir,
Ainsi qu'un rire doux, le cuivre des clarines.

SAUL

A E. Gustave.

Violent fut le combat auprès de Schaoûl, les archers l'atteignirent avec leurs flèches et le percèrent cruellement.

(Samuel.)

Cependant que croît l'ombre au profond des ravines,
L'or rouge en fusion dans les flammes du soir,
Pareil au flux pourpré débordant du pressoir,
En torrents écumeux roule au flanc des collines.

Puis, les astres, ouvrant leurs corolles divines,
Fleurissent l'orient tendu d'un crêpe noir.
— La maison solitaire et morne, où vient s'asseoir
Le roi des Juifs, s'émeut de terreurs sibyllines;

Car, sous l'ampleur du long méhil sacerdotal,
L'Ombre, à Saül, vient promulguer l'arrêt fatal :
« Demain, tu dormiras sur les hauteurs funèbres

Du Guilboa sinistre. Et, jusqu'au soir vermeil,
Le soleil éclatant, l'éblouissant soleil
Flambera sur tes yeux sanglants, pleins de ténèbres. »

Le Cantique des cantiques

A Catulle Mendès.

LE CANTIQUE DES CANTIQUES

Chanson des chansons de Schelomo.
(Cantique des cantiques.)

O poème immortel! bréviaire d'amour,
Rosaire des baisers : Cantique des cantiques!
Tes charnelles ardeurs, tes tendresses mystiques
Émeuvent la pensée et le cœur tour à tour.

Ton enchantement mue en ramier le vautour.
Tu rafraîchis les cœurs, sous les bures rustiques
Et sous le somptueux orfroi des dalmatiques,
Source vive où chacun a voulu boire un jour.

Ainsi que deux vapeurs de myrrhe et de cinname
Se confondent dans l'air, tu mêles l'âme à l'âme,
Livre doux à chanter et doux à retenir.

Tu fais renaître en nous l'amour comme une aurore;
Car rien ne vaut qu'aimer, aimer, aimer encore;
Et ce n'est pas assez que de se souvenir.

SALOMON

A Auguste Dorchain.

Sortez et contemplez, ô filles de Zion!
le roi Schelomo,
avec la couronne dont l'a couronné sa mère,
au jour de ses épousailles,
au jour de la joie de son cœur.
(*Cantique des cantiques.*)

Sur un trône d'airain, d'or et d'ivoire blanc,
Que fit Hiram, avec le burin et la lime,
Salomon, roi superbe et poète sublime,
Porte, au lieu de l'épée, une cythare au flanc.

Il courba sous le joug le Philistin tremblant;
Pieux, il érigea dans Hiérosolyme
Le très saint Temple, dont l'aube argente la cime.
— A cette heure il prélude en un rythme indolent.

Or, pareil à David qui lui légua l'empire,
Il vainquit par le glaive et charme par la lyre...
Il chante, indolemment, des femmes écouté.

Ayant lassé les bras, il veut dompter les âmes.
Il chante. Et c'est pourquoi son grand nom redouté
Est comme un miel suave à la lèvre des femmes.

LA SULAMITE

A Eugène Lesage.

Il m'est un sachet de myrrhe,
mon bien-aimé,
passant la nuit entre mes deux mamelles.
(*Cantique des cantiques.*)

Chaste comme mes sœurs et rieuse comme elles,
Sans trouble j'écoutais les ramiers gémissants
Et le doux rossignol aux suaves accents,
Près de la source où vont s'abreuver les chamelles.

Mais le temps est venu des tendresses jumelles :
J'aime! et l'Aimé m'a prise entre ses bras puissants.
Fleurant comme un sachet balsamique d'encens,
Sa tête pâle roule entre mes deux mamelles.

O soirs extasiés! Quand meurt le jour vermeil,
Cependant que mes sœurs dorment leur pur sommeil,
Quand les astres d'argent s'allument aux cieux calmes,

Là-bas nous retrouvons les transports coutumiers;
Et les arbres nous font un dais mouvant de palmes,
Près de la source où vont s'abreuver les ramiers.

A Charles Sluyts.

Je suis le narcisse de Scharon,
le lys des vallées.
(Cantique des cantiques.)

La pourpre des rosiers fascine les abeilles,
De qui l'aile légère est de pollen poudrée.
Leur tourbillon bruit dans la lumière ambrée,
Et cerne, nimbe d'or, les corolles vermeilles.

Les grappes du muguet, tremblantes, sont pareilles
A des points de lueur goutte à goutte filtrée
Par les bois, dans la paix d'une pâle soirée,
Quand la lune magique évoque des merveilles.

Un vol de baisers fous, et que l'attente enfièvre,
Plane, tout frémissant de désirs, sur ma lèvre.
— Des rêves blancs, et tels que la mouette des grèves,

Hantaient mon âme blanche où l'amour vient d'éclore...
Voici : Le bien-aimé fait fuir, au bruit sonore
De ses rouges baisers, l'essaim blanc de mes rêves.

A Henri de Régnier.

C'est une fontaine de jardin,
une source d'eaux vives,
un ruisseau découlant du Libanon.
Mon bien-aimé m'est une grappe
de troëne dans les vignes de Enguédi.
(*Cantique des cantiques.*)

Par le désert, qui n'a pas une ride,
Dans la torpeur pesante de midi,
Les chameliers vont d'un pas alourdi,
Lent et lassé, sous le soleil torride.

Leur bras inerte abandonne la bride...
O souvenir des vignes d'Enguédi,
De pampres verts et de raisin blondi !
— Et l'âpre soif brûle leur gorge aride.

L'air enflammé fait haleter leurs flancs...
Qu'il était doux, sous les troënes blancs,
Le bruit léger de l'eau courante et fraîche !

Je bois comme eux des souffles embrasés :
O baisers frais de l'Aimé, frais baisers !
J'ai soif de vous et ma lèvre se sèche !

A Henri Beauclair.

Te voilà beau, mon amour, et charmant,
notre lit c'est l'herbette verte.
(*Cantique des cantiques.*)

Sur la couche, de fleurs, de feuilles parfumée,
Le sourire à la lèvre, il dort, mon bien-aimé.
Chantez, mes sœurs, afin qu'en cette nuit de mai,
D'un rêve harmonieux son âme soit charmée.

Mais qu'en votre chanson, mes sœurs, je sois nommée.
Mélodieusement dites mon nom, rythmé,
D'une voix douce autant que le sanglot pâmé
Du rossignol pleurant d'amour sous la ramée.

En de suaves airs traduisez mon émoi;
Puis, brûlez l'encens pur que l'Arabie envoie :
Embaumez et bercez le sommeil de mon roi.

Comme une étoffe d'or et d'argent qui chatoie,
Tissez un songe fait de tendresse et de joie,
Plein d'aromes subtils, de musique et de moi.

A Pierre Loüys.

O la voix de mon ami !
C'est lui qui vient,
sautelant par les montagnes
et courant par les montagnettes,
semblable, mon ami, à un chevreuil
et au faon des biches.
(Cantique des cantiques.)

Mon cheval a des ailes.
Plus léger, dans la nuit,
Qu'un jaguar qui poursuit
De fuyantes gazelles,

Cette bête aux pieds grêles,
Dont la croupe reluit,
Fait à peine le bruit
Du bond des sauterelles.

Nous venons de bien loin ;
Mais il n'est nul besoin
Ni de mors ni de selle,

Pour ce vol éperdu...
— Me voici près de Celle
Qui n'a point attendu.

A Émile Pouvillon.

Je vous adjure, ô filles d'Ierouschalaïm,
par les gazelles et les biches des champs,
oh! n'excitez, ne réveillez pas m'amour,
jusqu'à ce qu'elle le veuille,
(Cantique des cantiques.)

Les doigts entrelacés sur sa tête, elle dort.
Ainsi, les bras levés, elle soutient l'amphore,
Lorsqu'elle suit les bœufs au meuglement sonore,
Sous les cèdres, d'où suinte une résine d'or.

En un rêve, à plein vol, son âme a pris l'essor.
Vierges, ne chantez plus: déposez la mandore.
Allez-vous-en cueillir la noire mandragore,
Que vous ferez brûler sur le trépied d'Endor.

Car l'Aimée a conçu cette nuit; et l'aurore,
En buvant leur moiteur fine qui s'évapore,
Baise ses flancs gardés de maléfiques sorts.

Partez sans plus de bruit — Vierges, je vous implore —
Que n'en faisaient mes lents, tremblants soupirs, alors
Que déjà je l'aimais sans l'oser dire encore.

A André Lemoyne.

Voici que l'hiver est passé
et que la pluie s'en est allée
et a disparu.
Dans le pays pointent les fleurs;
le temps de la chansonnette est venu.
(*Cantique des cantiques.*)

Vierges, c'est le printemps! chantez, troupe éblouie!
La terre, que de pleurs brûlants vous arrosiez,
Rit en la floraison ardente des rosiers,
Sous la fleur du Soleil d'hier épanouie.

Sion se lamentait, Sion s'est réjouie;
Les jardins de Sion sont comme des brasiers.
Voici, d'hier éclose, aux cieux extasiés,
Dans les jardins d'Aurore une Rose inouie!

L'Adolescent joyeux, le radieux Printemps,
Verse joie et lumière en vos cœurs palpitants;
L'hymne qui sort des nids l'exalte et le proclame.

Sortie enfin de ses léthargiques sommeils,
La Fleur de pourpre, ouvrant ses pétales vermeils,
Dilate en plein azur sa corolle de flamme.

A Ernest d'Hervilly.

Te voilà belle, ma grand'amie,
te voilà belle...
... Tes yeux sont comme ceux des colombes.
(Cantique des cantiques.)

Que te voilà belle, ô ma grande amie!
L'eau du lac dormant te réfléchit toute.
Les colombes vont roucouler; écoute
Leur plainte d'amour sourdement gémie.

— Aimé, bien-aimé, la bonne accalmie!
L'étoile d'amour t'a montré la route.
Le rocher dans l'eau pleure goutte à goutte.
C'est notre miroir l'eau bleue endormie.

— O ma grande amie, en mes bras tu tombes.
Tes yeux sont pareils aux yeux des colombes;
Déclos doucement tes paupières closes.

— O mon grand ami, déclos tes prunelles;
On voit tout au fond, reflétés en elles,
Des tamarins verts aux aigrettes roses.

A Guy Valvor.

Déjà le figuier mûrit ses figons;
la vigne jette sa fleur
et répand son parfum.
(*Cantique des cantiques.*)

Le vent du crépuscule, en de tièdes haleines,
Émeût les bananiers de tremblements subits;
Et la grenade mûre égoutte des rubis
Sur la javelle blonde éparse dans les plaines.

Les ciseaux du tondeur coupent les molles laines
Dont l'épouse à l'époux tissera des habits.
Les pasteurs dans l'enclos ont parqué les brebis;
Et l'huile couleur d'ambre enfle les outres pleines.

Deux chevriers flûteurs, l'un de l'autre jaloux,
Improvisent des airs pour la fille aux yeux doux
Qui tend sur des cordeaux le lin blanc qu'elle essore,

Cependant que l'aïeule, en filant son fuseau,
Joint au chant alterné des flûtes de roseau
L'aigre bruit du rouet au ronflement sonore.

Sonnets évangéliques

A Sully Prudhomme

LES ROIS MAGES

A Tancrède Martel.

Blancheflor. — Comme ces fleurons sont délicatement entrelacés! Que ces marges sont ornées avec goût! C'est un livre très précieux. Voyons les images.

(Théophile Gautier.)

Ils lui présentèrent des dons, de l'or, de l'encens et de la myrrhe.

(Saint Mathieu.)

Sur le missel ouvert, Alix et Blancheflor
Se penchent, regardant (elles ne savent lire)
Les marges, où le bon imagier sut inscrire
Les trois Rois, qu'en chemin guide l'Étoile d'or.

Apportant de fort loin, comme un rare trésor,
Dans des coffrets de cèdre, et l'encens et la myrrhe,
Ils se sont reposés un soir près de Palmyre ;
Un soir ils ont dormi dans l'ombre du Thabor.

« Ils sont tels, dit Alix, avec leur tête ceinte
Du vert turban, que ces païens qu'en Terre-Sainte
Notre très vaillant père a jadis décousus.

Mais voici, leur faisant accueil d'un air affable,
Sous l'enchevêtrement d'une flore ineffable,
Notre Dame Marie et Monseigneur Jésus. »

LES BERGERS

A François Fabié.

Ils y allèrent donc en diligence, et ils trouvèrent Marie et Joseph, et le petit enfant qui était couché dans la crèche.

(Saint Luc.)

A peine s'en sont allés les Rois-Mages,
Qu'au seuil de l'étable, ôtant leurs chapeaux,
Les bergers, vêtus de sayons de peaux,
A l'Enfant Jésus rendent leurs hommages.

Ils offrent des fleurs, des fruits, des fromages,
Prunelles des bois, toison des troupeaux;
Se rangent en cercle, et, soudain, pipeaux
Sonnent à l'envi de jolis ramages.

L'air émerveillé, le divin Sauveur
Sourit, les salue; et songe, rêveur :
« La tâche ici-bas me sera facile;

Le Monde sans doute est toute douceur,
Si l'on n'y voit, comme en cet humble asile,
Que simples d'esprit et simples de cœur. »

LE LYS

A Charles Fuster.

> Et pour ce qui est du vêtement, pourquoi en êtes-vous en souci ? Apprenez comment les lys des champs croissent; ils ne travaillent ni ne filent.
>
> *(Saint Mathieu.)*

Du fier faisant un humble, un tendre du méchant,
Il allait, enseignant ceux de la Galilée.
Il montait la colline, il suivait la vallée,
Passait d'un bourg à l'autre, et parlait en marchant.

Parfois, voyant un lys fleurir au bord d'un champ,
Il disait : « Salomon, en sa robe filée
D'hyacinthe, et d'un flot d'opales constellée,
Était moins bien vêtu que cette fleur d'argent,

Qui, se fiant en Dieu, ne file ni ne tisse.
Donc, n'ayez nul souci; croyez en la Justice
De mon Père, qui sait vos besoins et vos vœux. »

Et Christ, qui leur rendait l'espérance première,
Habillé d'un lin blanc où roulaient ses cheveux,
Semblait lui-même un lys éclos dans la lumière.

HÉRODIAS

A Georges Rochegrosse.

Car Jean disait à Hérode : « Il ne t'est point permis d'avoir la femme de ton frère. »
C'est pourquoi Hérodias lui en voulait, et elle désirait le faire mourir.

(Saint Marc.)

L'occident, riche, roule un or torrentiel ;
Et, clair, le zénith darde des feux d'améthyste ;
Tandis qu'un soleil large, où la splendeur persiste,
Se pose, comme un orbe ardent, au bord du ciel.

L'air charrie un parfum suave au goût de miel.
Mais Hérodias, pâle et farouchement triste,
Trouve (songeant qu'il est au monde un Jean-Baptiste)
A la brise aromale une saveur de fiel.

L'astre a sombré. — Là-bas, une lueur sinistre,
Blême et mince s'étire à l'horizon de bistre,
Qu'éclabousse un dernier rais du soleil récent.

— Et l'œil d'Hérodias, fixe, croit voir l'épée
Dont l'œuvre est accomplie, et qu'envermeille un sang
Qui fume, frais jailli d'une tête coupée.

SALOMÉ

A Georges Rouault.

La fille d'Hérodias étant entrée, et ayant dansé, et ayant plu à Hérode, le roi dit à la jeune fille : « Demande-moi ce que tu voudras, et je te le donnerai. »

(*Saint Marc.*)

Sous la gaze ténue et de perles fleurie,
Lente, elle entre, parmi les vapeurs violettes
Que diffuse dans l'air le feu des cassolettes.
D'abord, elle est l'amante implorante et qui prie;

Mais, s'émeut dans son geste une mutinerie :
Le Désir l'aiguillonne; et, sous les bandelettes,
Son front instille la moiteur en gouttelettes.
Lascive chienne en rut, louve ardente en furie,

Elle danse par bonds. Puis, l'écume à la bouche,
Et lasse, et défaillante, et languide, se couche
Sur le tapis de pourpre, inerte, et pâle, et nue.

Lors, Antipas croit voir, d'un œil qui s'émerveille,
Braise au bout des deux seins, une flamme pareille
A la flamme qui dans ses veines s'insinue.

MAGDELEINE

A Robert de la Villehervé.

Alors, Marie ayant pris une livre d'une huile de senteur de nard pur, qui était de grand prix, en oignit les pieds de Jésus, et les essuya avec ses cheveux.

(Saint Jean.)

Six jours avant la Pâque il vint de Béthanie,
Chez Simon-le-Lépreux; et Lazare était là
Ainsi que Marthe et Méryem de Magdala,
De qui l'âme longtemps fut de péchés ternie.

Or, Méryem, que baigne une extase infinie,
Oint de nard aromal les pieds du Maître : « Là!
C'est gaspillage pur! » dit Judas. « Laisse-la,
Dit Jésus, elle pleure. elle aime, elle est bénie! »

Méryem, dénouant ses cheveux longs et fins,
En fait un tapis d'or vivant aux pieds divins
Du Semeur de pardons qui lui daigne être tendre;

Puis, sa main, frémissante et lourde de langueur,
Comprime avec effort son cœur triste, son cœur
Plein de parfums plus doux qu'elle n'ose répandre.

LA VOIE DOULOUREUSE

A Gustave Kahn.

Il était environ la sixième heure, et il se fit des ténèbres sur toute la terre.
(Saint Luc.)

Le Juste, défaillant sous la croix qui l'opprime,
(Pour que tout s'accomplît comme il était écrit,)
D'épines couronné, pâle et triste, sourit.
Au milieu des clameurs il atteint l'âpre cime.

Les bourreaux, consommant l'inexpiable crime,
Sur le gibet infâme ont cloué Jésus-Christ.
« Mon père, je remets dans tes mains mon esprit. »
A dit en expirant l'ineffable Victime.

Ton fils! ton fils est mort! il est mort, Dieu puissant!
Son front a ruisselé d'une sueur de sang;
Un spasme d'agonie a ployé ses vertèbres!

L'ombre immense et subite a voilé ce trépas
Qui devait nous sauver. — Ne pardonnes-tu pas,
Que tu n'as point encor dissipé ces ténèbres?

LE JARDINIER

À Henri Cazalis.

Elle, croyant que c'était le jardinier...
(Saint Luc.)

Et cependant tu fus l'Ouvrier franc de blâmes,
Le Serviteur sur qui le Maître se repose.
Vigilant, tu veillais sur le Jardin, qu'arrose
La nocturne rosée, après le jour en flammes.

Les sèves se muaient lentement en dictames.
Et, l'esprit attentif à leur métamorphose,
Telle âme étant un lys et telle autre une rose,
Tu sus mener à bien l'éclosion des âmes.

Et c'est pourquoi, joyeux de la bonne journée,
Tu t'en revins, après la tâche terminée,
Vers ton Père, et lui dis, écouté des abeilles :

« J'ai fait ma gerbe lourde avec des fleurs légères ;
Vois ces calices blancs, ces corolles vermeilles,
Qu'ont moissonnés les mains qui te sont le plus chères. »

A JÉSUS

A Émile Bergerat.

O doux Nazaréen! ta parole de miel
Aux humbles d'ici-bas se fait encore entendre.
Ta voix leur est encor persuasive et tendre,
Et leur épanche à flots l'espoir essentiel.

Si je ne me sentais exilé de ton ciel,
J'aurais sur ton gibet des larmes à répandre.
La foi des anciens jours tu ne peux me la rendre;
En vain pour moi ton sang jaillit, torrentiel.

J'essaye en vain de croire au sublime Mystère.
Et combien sommes-nous qui penchons vers la terre
Des fronts désespérés que le Doute a fait lourds!

Qu'importe! Moissonneur, tu fais ta moisson d'âmes
Dans le champ préféré, parmi ceux qui toujours
Furent près de ton cœur, les enfants et les femmes.

La Chanson des Couleurs

A Armand Silvestre.

I

LE JAUNE

La reine, dont l'œil clair a des reflets de cuivre,
Babille; et, d'un regard prompt, s'ingénie à suivre
L'essor d'un papillon couleur soufre. A l'écart
Se tient la rèche duègne en robe de brocart,
Roulant entre ses mains dévotes les grains d'ambre
D'un ancien chapelet. Soudain, la reine cambre
Sa taille svelte, et cueille, au plus proche oranger,
Un fruit mûr qu'elle jette, en un geste léger,
Sur un nain bilieux et grêle à jambe torse,
Qui le saisit au vol et mord à pleine écorce.
Mais elle, rêvant une espièglerie encor,
Dans une jardinière en filigrane d'or,
Riant aux pages blonds qui rôdent autour d'elle,
Jaunit son nez fluet au cœur d'une asphodèle.

II

LE BLEU

On ne voit que les flots céruléens, l'azur
De l'éther ; et, là-bas, à peine à quelques lieues,
Un archipel d'îlots aux rocs droits comme un mur,
Et qu'on dirait drapés de frêles gazes bleues.

III

LE VERT

La gamme verte chante enfin,
Dont nous sevra la saison dure :
Le gris du ciel passe au vert fin
Sur les bois poudrés de verdure;

Montrant leur dos glacé d'ors verts,
Des bestioles, dans les sentes,
Luisent vaguement à travers
Les ramilles reverdissantes;

Sur une mare à fleur de sol,
La mouche verte, ailes ouvertes,
Effare, en son fantasque vol,
Les mignonnes rainettes vertes;

Le bruit crépitant et léger
Du bond des vertes sauterelles,
Les inquiétant, fait bouger
Les couleuvres vertes et grêles,

Parmi les verdâtres roseaux;
Et la libellule étourdie
Voit se réfléchir dans les eaux
Un ciel de turquoise verdie.

IV

LE ROUGE

Dans une buée ardente et qui bouge,
Rutilant comme un large disque rouge,
Le soleil sanglant
Descend, calme et lent.

C'est l'heure vermeille où l'orgie éclate.
Bacchus, le front ceint de pampre écarlate,
Dompte le courroux
Des grands tigres roux.

La bouche pareille au cœur des grenades,
Courent çà et là les folles ménades,
En groupes épars,
Sur des léopards.

Elles vont, mordant dans les grappes mûres,
Et font retentir les vastes ramures
De cris épiés
Par les chèvres-pieds.

Clairs crotales d'or, tambourins et flûtes
Couvrent la clameur des lascives luttes,
Sous de hauts rosiers
Tels que des brasiers,

Dont la floraison cramoisie arrose
Les flancs en moiteur, et fouette de rose
Les beaux seins hardis
De désir roidis.

Teinté d'incarnat le pied des bacchantes
Écrase en dansant les larges acanthes;
Et vermeils sont leurs
Rires querelleurs.

Mais, soudain, le chœur bondissant fait halte;
Et, s'accompagnant des cistres, exalte,
En un chant divin,
La pourpre du vin.

V

LE BLANC

Sur le glacis d'argent des branches,
Un miroitement de micas
Fait vibrer des bluettes blanches
Parmi les givres délicats.

Sur le bords des bassins insignes,
Que la neige ouate et revêt,
Il semble qu'un grand vol de cygnes
Ait laissé choir son fin duvet.

Dans la nuit lunaire et sans voiles,
On dirait que l'on voit neiger,
Flocons frissonnants, les étoiles,
Par l'air frileux, pâle et léger.

VI

LE NOIR

Elle est là, chaque nuit, sous ses voiles de deuil,
Dans ce caveau farouche ; et toujours, la stupeur
Lui vient ne ne pouvoir secouer la torpeur
Du Bien-Aimé qui dort au fond de son cercueil.

Pourquoi ne l'avoir point prise en son lit d'ébène ?
Il sommeillait si bien jadis à côté d'elle
Qui lui ferait encor un oreiller fidèle
De la toison de jais dont leur couche était pleine.

Elle hait la lumière et voudrait, désormais,
Que prenant en pitié ses yeux brûlés de pleurs,
Et n'ayant plus souci des fruits, des blés, des fleurs,
L'aurore à l'orient ne reparût jamais.

Et toute au souvenir d'une chère mémoire,
Elle attend, le cœur plein d'espérances funèbres,
Que, pour l'emporter vers d'éternelles ténèbres,
L'Ange noir de la mort ouvre son aile noire.

Talons rouges

AU COIN DU FEU

A Georges d'Esparbès.

I

C'est vrai que nous nous aimâmes !
Je n'en fais point désaveu ;
Car nos deux cœurs, palsambleu !
Brûlèrent de vives flammes.

Peut-être même nos âmes
S'émurent-elles un peu...
Non, la chose fut un jeu
Qui nous tient exempts de blâmes.

Cependant — ce qu'est de nous ! —
Je faillis être jaloux
De ce poète, coq d'Inde

Elégiaque et bouffon,
Qui vous baptisait Clorinde,
En peignant votre griffon.

II

Vous, la grande dame exquise,
Hanter une telle gent!
Ah! de vous voir dérogeant,
Cela me navrait, marquise.

Mais on faisait à sa guise
Au temps joyeux du Régent.
Mon habit broché d'argent
Vous eût bien vite conquise.

C'est que, par mon écusson!
Je le portais de façon
Tout à fait galante et fière,

Et qu'il m'allait bellement.
Vous n'étiez pas la première
Qui me rêvât pour amant.

III

Ce jour-là, j'en ai mémoire,
J'avais, depuis le matin,
Abusé du chambertin.
— J'étais fort tendre après boire. —

Pointant, neigeux sous la moire,
Hors de la mule en satin
A pompons, un pied mutin
Décida votre victoire.

Vous tapotiez un joli
Menuet du vieux Lulli,
Sur une épinette grêle.

Vous alliez! alliez! alliez!...
Et je vous cherchais querelle
Pour des bémols oubliés.

IV

J'insistais : pardon, ma chère;
Écoutez : *tra-la-la-la!*
Si bémol, *mi* bémol, *la*
Bémol; et la main légère.

Un berger et sa bergère
Semblaient baller sur cela.
Watteau, je crois, peignit là
Cette idylle bocagère.

La poudre de vos cheveux,
En vos mouvements nerveux,
— Était-ce coquet manège? —

Flottait dans l'air tiède et doux.
Et l'on eût dit d'une neige
Envolée autour de vous.

V

Votre rimeur gobe-mouche,
Se voyant à l'abandon,
Plus hérissé qu'un chardon,
S'esquiva, blême et farouche.

Juchée en haut d'un piédouche,
La pendule céladon
Dont le marquis vous fit don,
Incitant à l'escarmouche,

Tout soudain mena grand bruit :
Un oiseau sonnait minuit,
En battant de l'aile au faîte.

Or, je baisais votre cou,
Quand l'automate, prophète,
Fit à point nommé : *coucou!*

L'ÉVENTAIL

A Jean Alboize.

Belle encor sous ses cheveux blancs,
L'aïeule, indolemment pensive,
Sourit aux souvenirs tremblants
Qui passent comme à la dérive.

Le frêle éventail qu'elle tient,
Sans hâte s'abaisse et s'élève;
Et semble en ce doux va-et-vient
Le vol paresseux de son rêve.

Or, cet éventail est vraiment
En soi-même une chose exquise.
Jadis un duc au goût charmant
Le fit faire pour la marquise :

Dans la soie aux frissons légers,
Quand s'ouvrent les branches d'ivoire,
On voit un couple de bergers
Brodés en or sur fond de moire.

Autour d'eux, des moutons d'argent
Broutent une fine herbe bleue,
Sous l'œil d'un toutou diligent,
Fort grave et portant haut la queue.

Çà et là, des paons radieux
Étalent, parures insignes,
Leurs plumages étoilés d'yeux
Que semblent jalouser des cygnes.

On a peint, de l'autre côté,
Vénus, nue, adorable et fière;
Et, sur les vagues, sa beauté
Laisse un sillage de lumière.

Près d'elle, un Cupidon narquois,
Que cette clarté blonde arrose,
Attache un tout petit carquois,
En sautoir, sur son bedon rose.

Le tout s'enjolive de fleurs :
Muguets, lilas, iris, pensées,
Dans une gamme de couleurs
Délicatement nuancées.

La marquise, nonchalamment,
Poursuit son rêve; et le silence
N'est troublé que du battement
De l'éventail qu'elle balance.

Les chères tendresses, en chœur,
Leur gaîté, leur mélancolie,
Défilent en son pauvre cœur,
Où demeure un grain de folie.

Elle revoit maint amoureux,
Dans un lointain crépusculaire...
Le mouvement des doigts fiévreux
Ou s'alentit ou s'accélère.

L'éventail aux éclairs rosés,
Comme si la soie était fée,
Fait un vague bruit de baisers
Et de tendre plainte étouffée.

On le croirait parfois vivant,
A la façon dont il palpite,
Et dont, allègre et triomphant,
Son battement se précipite.

Parfois, comme pris de regret,
Il s'alanguit et va plus calme,
Quasi se berce; et l'on dirait
L'oscillation d'une palme.

Parfois, s'arrêtant à demi,
On croit voir, dans la main pâmée,
Un grand papillon endormi
Dont l'aile ne s'est point fermée.

Soudain, l'aile de pourpre et d'or,
Ainsi que d'un choc effarée,
Comme pour un rapide essor,
Vibre, vermeille et diaprée.

Voici que, sur le bras fluet,
Dardant un furtif reflet rose,
Il rythme un joli menuet
De Mozart ou de Cimarose.

Menuet autrefois dansé
En un froufrou de fanfreluches.
Noble et gravement cadencé,
L'Amour y dressa ses embûches.

Marquise, l'air délicieux
A pour vous de bien tristes charmes!
Et l'éventail, voilant vos yeux,
S'y mouille de deux grosses larmes.

LE JOUEUR DE BASSE

(D'après Lancret.)

A Jean Bayol.

Les cheveux bouclés et poudrés de frais,
Coquet et charmant sous l'habit de soie,
L'artiste, le cœur plein d'intime joie,
Berçant son loisir, joue à sons discrets.

Or, un rossignol s'est posé tout près,
Sur un églantier dont la branche ploie,
Et, n'osant bouger de peur qu'on le voie,
En flûtements doux semble dire : après!

Le musicien module et varie
Un thême des *Sept Douleurs de Marie :*
L'oratorio du vieux Scarlatti.

Mais, sans s'attarder aux plaintes dolentes,
Il s'égaye, et perle en fins staccati
Un air de ballet des *Indes galantes*.

EN SOURDINE

À Gabriel Marie.

Les *Petits Violons du Roi*
Font tinter, sur les chanterelles,
Des sérénades frêles, frêles,
Qui mettent les cœurs en émoi.

En émoi, les dames charmantes,
Dans de fins paysages bleus,
Rôdent, avec des airs frileux,
Et s'enveloppent de leurs mantes,

Leurs mantes de satin, qui font
Un froufrou de feuilles frôlées.
Or, les suivent, par les allées
Ténébreuses du parc profond,

Profond et plein d'odeurs suaves,
De jolis pages amoureux,
Au grand jour à peu près peureux,
Mais que l'ombre fait presque braves.

Braves presque, tremblants encor,
Rêvant de nymphes bocagères,
Ils écoutent des voix légères
Au timbre de cristal et d'or.

D'or et d'argent, parmi les voiles
Qu'éploie avec lenteur la Nuit,
Au firmament s'épanouit
Toute une floraison d'étoiles;

D'étoiles mises en émoi
Par l'écho des tendres querelles
Qu'accompagnent de fredons frêles
Les *Petits Violons du Roi.*

Sur la Frise

I

A Paul Arène.

Suspends, de grâce, ô Nymphe, ou ralentis ta course!
— A travers le cristal lucide de la source,
Dès l'aurore aux aguets dans l'ombre du ravin,
Mes yeux se délectaient à voir ton corps divin.
Sur l'eau, qui mollement à petits flots déferle,
Ton rire étincelant montrait tes dents de perle;
Et tes souples cheveux, dorés de rayons clairs,
Allumaient sur ton front de rapides éclairs.
— Tu fuis! Tes bonds légers, à travers la vallée,
Suscitent sous tes pas un bruit d'herbe frôlée,
Qui va s'affaiblissant, et se meurt vers les bois
D'où tu n'entendras plus ma suppliante voix.
— Et triste, et languissant, de mes larmes j'arrose
La mousse où radieux a posé ton pied rose.

II

A Jules Arène.

Caparaçonnés d'or, les chevaux du Quadrige
Hennissent, emportant Hélios, qui dirige,
Des hauteurs du ciel vaste, implacablement bleu,
Le jet éblouissant de ses flèches de feu
Vers la plaine. C'est l'heure où l'ombrage des chênes
Me tente; où, rafraîchi par la sources prochaines,
L'air passant sur mon front l'évente doucement.
Je me couche sur l'herbe. Un engourdissement
Ineffable envahit mon corps et ma pensée.
Paisible, heureux, guéri d'une amour méprisée,
Du joug subi longtemps désormais délié,
Oublieux de Xanthys et d'Éros oublié,
Près des buissons fleuris où rôde un vol d'abeille,
Délicieusement jusqu'au soir je sommeille.

Puis, allègre et dispos, sans qu'un rêve mauvais
Ait un instant troublé ma sieste, je m'en vais,
Je descends vers le val plein d'eaux vives en fuite.
Leur chanson cristalline et sonore m'invite
A mêler quelques sons à l'agreste concert.
Ma syringe prélude ; et le vallon désert,
Comme s'il voulait mieux entendre, fait silence.
Le rameau murmurant, que la brise balance,
Redevient immobile et muet ; les oiseaux
Se taisent, écoutant la flûte à sept roseaux
Que Bathyllos emplit d'harmonieuse haleine.

Ainsi charme ses jours le pasteur de Cyllène.

FÊTE PAIENNE

A Ernest Raynaud.

Légères et les mains d'hyacinthes fleuries,
Les vierges aux cheveux entremêlés d'épis,
Sur l'herbe qni s'étend molle comme un tapis,
Déroulent noblement leurs blanches théories.

Le lent cortège vient, à travers les prairies,
Vers la mer, dont les flots se calment, assoupis.
Les sylvains aux aguets, sous les branches tapis,
Sentent monter en eux d'étranges rêveries.

Leurs voiles déployés à la brise et flottants,
Elles dansent, les seins roses et palpitants,
Au rythme des chansons en cadence chantées.

Les sylvains un à un se mêlent à leurs jeux;
Cependant que Phébé, déesse aux bras neigeux,
Fait pleuvoir sur les bois ses flèches argentées.

Sur la Cimaise

SAINT SATYRE

A Anatole France.

Ils versèrent de l'eau sur mon front et me souhaitèrent la paix en Jésus-Christ.
(*Saint Satyre.* — ANATOLE FRANCE.)

De son arc d'or, l'Archer dardant sur moi ses flèches,
Suscitait en mes reins de lascives ardeurs.
J'avais suivi, dans le bois sourd, les pas rôdeurs
Des nymphes se jouant au bord des sources fraîches.

Une moiteur perlait sur mon torse aux poils rêches.
— Le soir, sous la chênaie aux glauques profondeurs,
Que hantent la vipère et les fauves grondeurs,
Je m'étais assoupi, las, sur des mousses sèches.

Soudain, vers moi se penche un visage divin...
Vénus!... Ai-je rêvé?... Non, au creux du ravin,
Déferle et roule un rire irritant et sonore.

— De moi, Galiléen, Dieu triste, qu'attends-tu,
Puisqu'en dépit de l'eau lustrale sans vertu,
Le baiser de Vénus à mon front brûle encore?

YOSEN, PEINTRE DU TAICOUN

A Louis Dumoulin.

Le bon peintre Yosen a, dès l'aurore rose,
Préparé les pinceaux et broyé les couleurs;
Et voici que, sur le papier de riz, des fleurs
Surgissent à foison. — Savamment, il oppose

Les gris aux rouges vifs, la corolle déclose
Au bouton où s'irise une rosée en pleurs.
La gerbe éclate et flambe au milieu des pâleurs
Du paysage bleu qu'un clair de lune arrose.

Au lointain, sur un golfe aux flots crêtés d'argent,
Le bon peintre Yosen, expert et diligent,
Lance une jonque fine arrondissant ses voiles.

Puis, par l'azur, en un clin d'œil pétillant d'or,
De gouttes de lumière avivant le décor,
Yosen, tel un Dieu, fait pleuvoir des étoiles.

LE TAICOUN

A Madame Judith Gautier.

Le Taïcoun sourit et rêve, l'âme en joie;
Il porte et berce en lui de sereines idées.
Est-ce parce qu'il a des tours de cent coudées,
Sur lesquelles l'azur humblement se déploie?

Revoit-il en esprit, dans sa robe de soie,
La belle courtisane aux lèvres d'or fardées?
Ou ses mille juments, des mouches obsédées,
Aux pieds ferrés d'argent et dont la queue ondoie?

D'où vient donc qu'il savoure une extase céleste?
Est-ce d'être adoré d'un peuple, et, sans conteste,
Le maître tout puissant de l'homme et de la chose?...

Non, — et de le troubler, certes, nul n'aurait garde —
Dans son kiosque assis, le Taïcoun regarde
Des amandiers en fleur sous la lumière rose.

CHINOIS DE PARAVENT

A Maurice et Raymond Cavin.

Sur l'Empire du Milieu
La nuit tombe, la nuit brune.
Un mince croissant de lune
Luit, en or, dans le ciel bleu.

Près d'un guéridon de laque,
— Cependant qu'à pas menus,
Sur les nattes, et pieds nus,
Un nain trapu rôde et vaque, —

Essoufflé, le mandarin
S'est assis. Sa main balance,
D'un air de noble indolence,
Un rameau de tamarin.

Il fume sa pipe en jade,
Dont le tabac mordoré
Répand un arome ambré.
A ses pieds son chien gambade

Sur un éventail ouvert;
Et, tout en jappant, mordille
Les deux glands de cannetille
Et le frêle ivoire vert.

La mandarine gourmande,
En de quiets nonchaloirs,
Ferme à demi ses yeux noirs,
Ses yeux fendus en amande;

Et prend, délicatement,
Sa tasse de porcelaine
Diaphane, toute pleine
D'un thé suave et fumant

Qu'elle subodore... Rose,
On voit soudain s'allonger,
Prise d'un frisson léger,
Sa langue fine, qui n'ose,

Approche, hésitante encor,
Peureuse disparaît toute;
Puis, brave, se risque et goûte
Au breuvage couleur d'or.

Friande, la lèvre trempe
Dans le thé presque brûlant...
On ne voit plus que le blanc
Des yeux bridés vers la tempe.

Or, la bouche au dessin pur,
Tout juste, en buvant, s'applique
Contre un monstre hyperbolique,
Rouge et vert sur fond d'azur.

Tandis que le doux poète.
Le lettré, le cher époux,
Dans son fauteuil de bambous,
Dodelinant de la tête,

En ses vers mêle avec feu
Pêchers roses, blanches voiles,
L'Empereur et les étoiles,
Et sa pipe, et Kong-Fou-Tseu.

LE SOMMEIL DE FRA ANGELICO

(D'après le tableau d'Albert Maignan.)

A Charles Giroux.

Toi qui, sous les pieds blancs des saintes de triptyques,
Dont le front resplendit dans l'or mat du vantail,
Fais éclore, en des tons et des luisants d'émail,
La floraison des lys et des roses mystiques;

Toi qui peins le Pasteur aux poses extatiques,
A qui Dieu confia la garde du bercail,
Et que nimbe un rayon filtré par le vitrail
De la chapelle, où meurt un écho de cantiques;

Le pur Esprit qui vient t'aider comme un ami,
A l'heure où te voilà doucement endormi,
Livrant au rêve un cœur si crédule aux merveilles;

L'Esprit qui veut sa part de ton labeur fervent,
C'est ton âme pieuse et candide d'enfant
Qui déjà se fait ange alors que tu sommeilles.

LA BONNE MÈRE

(D'après le tableau de Lépicié.)

A Bocourt, graveur.

L'homme, aux champs attardé, va rentrer, las sans doute
Du pénible labeur, mais joyeux du retour.
Et la mère, pensive, écoute tour à tour
L'enfantelet qui jase et des pas sur la route.

Le tic-tac de l'horloge égrène goutte à goutte
Les secondes tintant dans la fuite du jour.
Les heures qui s'en vont sont des heures d'amour :
La jeune mère rêve, inquiète. Elle écoute.

Et le berceau de bois, posé sur ses genoux,
Oscille mollement en un va-et-vient doux,
Ainsi qu'un nid d'oiseau que balance une palme.

Elle écoute l'enfant jaser, des gens marcher ;
Tandis qu'avec lenteur envolés du clocher
Les sons de l'*Angélus* montent dans le soir calme.

VENDANGES

A Raoul Ponchon.

PRINCE, il n'eust sçu jusqu'à terre cracher;
Toujours crioyt : Haro, la gorge m'ard!...
(François Villon.)

L'auberge est accueillante et plaît aux voyageurs,
Que l'air épanoui de l'hôte invite et flatte.
Là, maint gosier s'arrose et maint nez se dilate;
Les brocs pleins font les gens hilares ou songeurs.

Au penchant des coteaux, teints d'ardentes rougeurs,
Dans les ceps, où la joie en fous rires éclate,
Lourds, les raisins, gonflés sous le pampre écarlate,
Laissent saigner leur grappe aux doigts des vendangeurs.

Vide verre sur verre, ô biberon insigne!
Souriant et clignant de l'œil, te faisant signe,
Pour te donner une heure exquise, le soleil,

A la fois égayant ta prunelle et ton âme,
Fait ruisseler à flots, sur l'horizon vermeil,
La pourpre du vin clair à l'occident de flamme.

AUTOMNE

A Émile Bonnetain.

Quand vous verrez tomber,
Tomber les feuilles mortes...
(Air connu.)

La rivière s'en va, sans fin continuée.
Une barque, que fixe à la berge un câbleau,
Oscille mollement, sous un grêle bouleau
Qui tremblote dans la lumière atténuée.

En un reflet de ciel où passe une nuée,
Des feuillages rouillés dérivent à vau-l'eau.
Sous le brouillard diffus, on dirait d'un tableau
Vu de loin, à travers une vitre embuée.

La bise, qui s'élève et cingle sans merci,
Va dépouillant le bois, par degrés éclairci.
Il semble alors, qu'au gré des rafales trop fortes,

Par l'automne barbare emporté sans recours,
Notre doux rêve heureux de durables amours,
On ne sait où, s'envole avec les feuilles mortes.

DÉCEMBRE

A Léon Duvanchel.

Sur les bords des bassins insignes,
Que la neige ouate et revêt,
Il semble qu'un grand vol de cygnes
Ait laissé choir son fin duvet.

Il neige. — Sous les plis du rideau de velours,
Par la fenêtre haute, étroite et trilobée,
Tristes, nous regardons l'éternelle tombée,
En rapprochant nos fronts qu'une langueur fait lourds.

L'amas des flocons blancs étend ses tapis sourds
Au dehors. Le soir vient. Frileusement courbée,
Tu t'assieds près de l'âtre où luit une flambée;
Et là, nous devisons de nos chères amours.

Ce sont mille projets : vienne mai, quelles courses
On fera! quels repas charmants au bord des sources,
A l'ombre des lilas aux frais thyrses flottants!

L'hiver nous semble alors plus long et plus morose.
— Pourquoi ne point hâter ta venue, ô Printemps
Tout habillé de bleu, de vert tendre et de rose?

LE RENOUVEAU

A Camille Pelletan,

Enfin il a paru le jeune et beau Printemps,
Couronné de muguets, d'iris et de verveines!
Comme un sang plus ardent circule dans nos veines,
La sève bout au cœur des rameaux palpitants.

Nous nous mettons en route alertes et contents;
Mais voici que partout, sous l'ombrage des chênes,
Des couples, dont les bras se font de molles chaines,
Nous troublent avec leurs regards déconcertants.

O solitude à deux! Que revienne décembre;
Et nous serons si bien dans la petite chambre,
Au coin du feu, les pieds sur un coussin de vair,

A voir la bûche qui se peluche et se mine;
Ou bien à regarder, par la vitre, l'Hiver,
L'Hiver poudré de givre et revêtu d'hermine.

SOIR D'ÉTÉ

A Paul Breton.

Couronné de bleuets, août, le mois opulent,
Arrive, revêtu de splendeur, étalant
Comme un riche trésor sa chevelure blonde,
Où le vent lourd et chaud met sa rumeur profonde.
Tout le jour, le soleil a versé sur les blés
De torrides rayons; et les épis gonflés
Vers le sol crevassé penchent leurs tiges grêles.
On entend crépiter le bond des sauterelles;
Et la plaine houleuse est comme un lac mouvant.

Sur le seuil du logis le laboureur, rêvant,
Suppute les profits probables de l'année.
Un sourire joyeux ride sa peau tannée;
Et son œil ébloui couve le vaste champ.
Le ciel à l'horizon rutile; et le couchant,
Dardant sur les moissons une flamme dernière,
Mêle à leurs frissons d'or des frissons de lumière.

LA CHATELAINE

> L'aube naît, et ta porte est close;
> Ma belle, pourquoi sommeiller?
> A l'heure où s'éveille la rose
> Ne vas-tu pas te réveiller?
> (*Victor Hugo.*)

L'aube point; le guetteur sonne de l'olifant.
L'écho, répercuté de colline en colline,
Se va mourant, tandis que la comtesse Aline
Déclôt ses grands yeux, doux comme des yeux d'enfant.

Et voici qu'on perçoit, mêlée au bruit du vent,
Une aubade, quasi peureuse, mais câline,
Sur des frémissements grêles de mandoline.
La noble dame écoute à peine, mi-rêvant.

Que la chanson soit tendre, elle n'y prend point garde;
Et son œil de velours, distraitement, regarde
Un rameau qui jaunit dans le bénitier d'or.

La voix, très dolemment, parle d'un dur martyre.
Aline, qui n'en a cure, bâille, s'étire,
Croise ses deux mains sur sa nuque, et se rendort.

Caprices

SONNET

(Imité de Shakespeare.)

A Lucien Cressonnois.

Quand j'étais loin de toi, c'était le temps des roses;
Avril, vêtu d'habits aux riantes couleurs,
Nous apportait l'oubli des anciennes douleurs;
Saturne même avait des pensers moins moroses.

Pourtant ni chants d'oiseaux, ni fleurs fraîches écloses,
Ni suaves parfums, ni pinsons querelleurs
Ne m'inspiraient un conte exquis d'été. Les fleurs
En vain aux papillons disaient de tendres choses.

A peine j'admirais la grâce des lys blancs
Et des rosiers parés de pétales tremblants.
Ils ne m'étaient charmants, ces calices sans nombre,

Que comme un souvenir de toi-même. Toujours
C'était pour moi l'hiver; et, durant de longs jours,
Avec eux j'ai joué, mais comme avec ton ombre.

SONNET

(Imité de Shakespeare.)

A Tancrède Martel.

Quelle puissance a fait le charme tout-puissant
Qui te soumit mon cœur, femme vaine et cruelle?
Par quel enchantement magique en ma prunelle
Pâlit, si tu parais, le jour resplendissant?

Quel prestige funeste est cause que l'on sent
L'esprit enclin au mal et l'âme au bien rebelle;
Et qu'on préfère tes défauts à la plus belle
Des vertus dont le ciel à d'autres fit présent?

Par quel art te fais-tu chérir, quand se révèle
Chaque jour, à toute heure, une raison nouvelle
De n'éprouver pour toi que haine ou que mépris?

Tu n'as pas eu pitié du tourment qui m'oppresse.
Si ton indignité fit naître ma tendresse,
Ma tendresse en devrait prendre encor plus de prix.

A QUELQUES-UNS

A Édouard Dupuy.

Oui, l'œuvre sort plus belle
D'une forme au travail
Rebelle,
Vers, marbre, onyx, émail.
(*Théophile Gautier.*)

Bons sculpteurs, artistes insignes
Qui fixez, en leur ondoiement,
La fuite adorable des lignes
Et la grâce du mouvement ;

Qui, dans votre travail sans trèves,
L'esprit tendu vers l'idéal,
Donnez une forme à vos rêves,
Dans le marbre au grain lilial ;

Un même souci nous oppresse,
Lorsque ainsi que vous modelant,
Nous faisons naître une déesse
D'un vers pur comme un marbre blanc.

Tentant à son tour l'œuvre rare,
Fervent du rythme et de ses lois,
Ciselant la strophe, carrare
Qui va s'animer sous ses doigts,

Statuaire aussi, le poète
Sent que son labeur n'est pas vain,
Alors qu'en son âme inquiète
A passé le frisson divin;

Et lorsque du bloc qu'il martèle,
Orgueil au front et flamme aux yeux,
Surgit la Vénus immortelle,
Tourment des hommes et des Dieux.

ENVOI DE LA COMÉDIE ITALIENNE

A Marc Dupuy.

Le souffleur chausse ses lunettes ;
Et voici, bourdonnant, chantant,
Tourbillonnant, virant, voltant,
Les petites marionnettes.

Chacune, l'esprit en éveil,
Et de son rôle pénétrée,
Pour faire à propos son entrée,
Vient sur un rayon de soleil.

Au dénouement, l'une après l'une,
Pirouettantes, elles font
Trois petits tours, et puis s'en vont,
S'en vont sur un rayon de lune.

CHANSON

A Bertol Graivil.

Malgré Messidor,
Tu me tiens encor
Rancune?
Vois, au ciel changeant,
Le soleil est d'or,
La lune,
D'argent.

Entends-tu, dans l'air,
L'aigre sifflet clair
Bruire,
Des merles jaloux?
Vraiment, ils ont l'air
De rire
De nous.

Un chant de langueur,
A ce chant moqueur
Fait place,
Et semble pâmer.
Il dit que ton cœur
Se lasse
D'aimer.

Reviens à l'aimé,
Joyeux et charmé.
Les merles
Cessent leur cri dur.
Le soir a semé
De perles
L'azur.

Soûris, Messidor!
Ma chérie encor
Est une
Au cœur indulgent.
Le soleil est d'or,
La lune,
D'argent.

A COLOMBINE

A Paul Harel.

Au clair de la lune, ton ami
Pierrot, rêveur, s'en va sous les branches.
On voit flotter amplement ses manches
Sous le couvert du bois endormi.

Il va cherchant vers les fleurs, parmi
Les lys, tes mains, plus que les lys blanches,
Et tes yeux doux parmi les pervenches
Au bleu calice ouvert à demi.

Il va rêvant à des choses douces.
Mais d'écouter pleurer l'eau des mousses,
Il va pleurant, triste du ciel bleu.

L'eau sanglotante, hélas! l'importune.
Il voudrait bien qu'elle rie un peu,
Afin de rire, au clair de la lune.

TRIO BOUFFE

A Georges, Robert
et Suzanne Mulberger.

Les motifs de la rixe on ne les savait pas.
Mais, sur le chef, et sur l'échine, et sur l'épaule,
Puis çà, puis là, partout, fort et dru, comme on gaule
Des pommes, Arlequin cognait à tour de bras.

Etait-ce heurts de batte ou bien heurts d'échalas ?
Pierrot ne l'eût su dire. En faire le contrôle
Lui paraissait oiseux : battu, Pierrot miaule,
Jappe, glapit, navré d'être en si mauvais pas.

Qu'il ait tort ou raison, il clame, tenant ferme.
Arlequin, las de lui caresser l'épiderme,
S'arrête, avec un *ouf!* dénué de remord.

Les coups en vain ont chu sur Pierrot comme grêle;
Mais Colombine approche, et, levant sa main frêle,
D'un seul choc d'éventail vous l'étend roide mort.

BALLADE A TRUFFIER

Après un jour de flânerie
Par le joli chemin des bois,
Rencontré-je une hôtellerie
Au patron rieur et courtois,
Je m'attable avec lui ; je vois
Sa face, de lune éclairée,
Et, savourant du vin d'Arbois,
Je passe une bonne soirée.

Qu'une heure l'amour m'apparie
Avec une belle aux abois ;
Évitant église et mairie,
Sermon, sons d'orgue et de hautbois,
Sous la courtine, en tapinois,
Près de la chère désirée,
Si je ne demeure pantois,
Je passe une bonne soirée.

Mieux encor : faire une série
De sonnets, en suivant les lois
De beaux rythmes, que l'on varie,
Sans compter les mots sur ses doigts;
Puis, chanter mes vers, d'une voix
Tantôt sourde, tantôt cuivrée,
Plus glorieux que pape ou rois,
Je passe une bonne soirée.

ENVOI.

Mieux : ma main par ta main serrée,
Dans ta loge, où je vais parfois,
Cher, entre le *deux* et le *trois*,
Je passe une bonne soirée.

BALLADE DU POÈTE-MUSICIEN

A Léopold Dauphin.

J'ai fait souvent tinter l'or de la rime
Pour des Margots ne valant pas un sol.
— Les soirs d'été ce souvenir m'opprime! —
Plus d'un sonnet sur vélin ou bristol
Témoigne encore à quel point j'étais fol.
J'ai même aussi, circonstance aggravante,
En leur honneur fait soupirer l'alto
Sur un beau chant de cor; mais, je m'en vante,
Je n'ai jamais écrit de concerto.

La conscience à qui pèse le crime
Sait nos pensers noirs, et les prend au vol;
Pour elle en vain l'on ruse et l'on se grime.
Or, j'ai commis tous méfaits hors le vol;
D'aucuns pour moins ont eu le chanvre au col.
Mais, ô mon cœur, calme ton épouvante!
Vil pilori j'échappe à ton poteau;
Car, méprisant la musique savante,
Je n'ai jamais écrit de concerto.

Ma tête s'est fêlée à votre escrime,
O contre-point! ô dièse! ô bémol!
Quel dur labeur pour qu'un jour on m'imprime,
En clef de fa, clef d'ut et clef de sol.
Dix ans j'ai bu la science à plein bol.
Strettes, *canons*, *sujets* que l'on invente,
Las! je vous dois un fier coup de marteau!
Cependant si la *fugue* est ma servante,
Je n'ai jamais écrit de concerto.

ENVOI.

PRINCE, chantons, et d'une voix fervente,
Lent menuet, léger allégretto,
Rondel, rondeau, villanelle et sirvente.
Je n'ai jamais écrit de concerto.

L'ÉTANG

A André Theuriet.

C'est un délicieux coin d'ombre et de fraîcheur,
Dont la tranquillité profonde vous enjôle.
Les feuillages y font comme une verte geôle,
Où l'on n'est visité que du martin-pêcheur.

Nul bruit, sinon le pas alourdi d'un faucheur,
Qui va, chemise ouverte et la faux sur l'épaule;
Ou, dans la ferme proche, un poulet qui piaule,
Effaré par un dogue aboyant au marcheur.

J'ai maintes fois songé combien serait charmante
La vie ainsi passée au bord de l'eau dormante,
A regarder un saule et le ciel au travers;

Et, l'esprit délivré d'ambitions oiseuses,
A savourer sans fin des heures paresseuses
Où l'on ne ferait rien, rien, pas même des vers.

LA BELLE-AU-BOIS-DORMANT

A Victor Souchon.

La Belle-au-Bois-dormant, sous les rideaux de soie,
A dormi son sommeil séculaire, et voici
Que l'heureuse Éveillée est à votre merci.
— Pages, approchez les lampes, que je Le voie!...

Cher Époux, que le ciel devers l'Épouse envoie,
Vous êtes bien celui que mon cœur eût choisi.
Cependant soyez calme, — et patient aussi :
Je veux que le soleil soit témoin de ma joie.

Venez çà, mon beau prince, et me prenez la main.
Je veux me rendormir pour attendre demain.
Les pages à présent vont éloigner les lampes.

Vous êtes bien celui que mon âme rêvait.
Venez! comme une brise errant à mon chevet,
Votre souffle léger rafraîchira mes tempes.

LA COLOMBE

D'un envolement que la brise allège,
La colombe part et monte en filant;
Sur le fin azur du matin tremblant
On voit palpiter son aile de neige.

Faible oiseau que sa faiblesse protège,
Il va, vient, se joue; et ce doux vol blanc,
Parfois emporté, parfois indolent,
Mène dans l'air bleu son joli manège.

Tel, d'un essor vif et lent tour à tour,
Tel le souvenir, ô mon cher amour,
D'une aile rapide ou comme lassée,

Tel ton souvenir, par bonds vigoureux,
Par vols alanguis, erre en ma pensée,
Va, vient et se joue en un ciel heureux.

Selon l'Heure

A LÉON VALADE

Sur tes yeux fins et doux les paupières sont closes;
Et nous ne verrons plus ton franc regard, hélas!
Artiste délicat et subtil, qui mêlas
A la fleur de ton rêve exquis la fleur des choses.

Le rythme t'a bercé trop bien; et tu reposes,
Rigide, inerte, ainsi qu'un voyageur très las.
Que ne t'éveilles-tu pour nous parler tout bas
Des papillons neigeant sur les buissons de roses.

Les rumeurs de la mer et des bois et des champs,
La grâce des matins bleus, les vermeils couchants
Qui baignent l'horizon de ruisselantes flammes,

Tu nous les fis aimer comme tu les aimais;
Et tu restes ainsi parmi nous à jamais;
Car ton âme, ô poète! est éparse en nos âmes.

A PAUL ARÈNE

Mens sana in corpore sano.

Sous l'amandier en fleur où l'abeille butine,
Pensif, tu regardais bondir la *Chèvre d'or ;*
Cependant que montait, dans le ciel pâle encor,
Une aube provençale aux roseurs d'églantine.

Et le soir, vers la mer que le calme satine,
Vers le clair horizon, riche et changeant décor,
Tes yeux suivaient, en leur lointain et calme essor,
Un frisson d'aile blanche ou de voile latine.

Puis, quand tu t'endormais, ton âme, ô doux païen!
Rêvait d'un amour grec et du souple lien
Qui laisse avec l'esprit le corps en équilibre.

Et l'enfant de ton choix, fille aux regards troublants,
Venait à pas légers, parmi les marbres blancs,
La bandelette au front et les seins à l'air libre.

A ÉMILE BLÉMONT

Tout un jour, oubliant que Février morose
Heurte à ma vitre avec un aigre sifflement,
Je t'ai suivi, poète, au gras pays normand :
Le nid s'émeut, l'eau vive court, le ciel est rose ;

Le vallon reverdit qu'un ru limpide arrose,
Le jeune blé se creuse en un mol ondoiement,
L'angélus du matin tinte sonorement,
Sur un tremblant calice une abeille se pose.

J'écoute la rumeur berceuse de la mer
Qui monte ou se retire, et dont le flot amer
Recouvre ou laisse à nu les galets de la grève...

J'ai refermé ton livre. — Et c'est comme un retour,
Mélancolique et lent, d'amis qui, tout un jour,
Sous les *Pommiers en fleur* ont promené leur rêve.

A JULES TRUFFIER

Sur des modes divers, chantons, ami Truffier,
Les ciels bleus, les ciels noirs : jours riants, nuits moroses,
L'aurore, et la rosée au cœur rose des roses,
L'eau de la source vive et le vin du cuvier.

Chantons la vigne pourpre et le pâle olivier,
Regards mouillés, sourire aux lèvres entre-closes,
Les ténèbres de l'âme et la candeur des choses,
La ruche de l'abeille et le nid du pluvier;

Et la haine et l'amour, le meilleur et le pire :
L'horrible est beau! rugit superbement Shakspeare.
Soyons doux au vaincu, parfois même au vainqueur.

Être l'ouvrier ferme et franc que rien ne plie,
C'est bien. — Et ne t'endors, ami, qu'ayant au cœur
La tranquille fierté de la tâche accomplie.

A LÉOPOLD DAUPHIN

La musique — qui t'est chère —
Chante en ton rythme flottant,
La cadence lui prêtant
Son aile la plus légère.

C'est un concert dans les bois,
Où, parmi des bruits d'abeille,
Une flûte en joie éveille
Les dolences du hautbois.

C'est la source des collines,
Le frisson des rameaux verts...
Telles chantent de tes vers
Les cantilènes câlines.

LA CHANSON DE SULÉIMAN

A José-Maria de Hérédia.

Celle que j'aime est avec moi
Comme le cinname et la myrrhe.
Elle m'admire et je l'admire.
Elle est princesse et je suis roi.

Les cœurs brûlent d'ardentes fièvres,
Quand ses cils viennent à bouger;
Les cœurs se sentent en danger
Dès qu'un soupir déclôt ses lèvres.

Le mois des lys est revenu;
Je vais revoir des choses blanches :
Son épaule à travers les branches,
A travers l'onde son pied nu.

Elle a des mouvements de tête
Très doux, qui me font trembler tant,
Qu'un bouvreuil est moins palpitant
Dans la serre du gypaète.

En ses regards couleur de ciel
Des étoiles sont ébauchées;
Et c'est des fleurs qu'elle a touchées
Que les abeilles font leur miel.

Ondulante ainsi que les brumes
Qui flottent au creux des ravins,
La toison de ses cheveux fins
Frissonne au vent comme des plumes.

En elle, en des accords touchants,
Toutes les grâces sont mêlées :
Elle est le muguet des vallées;
Elle est le liseron des champs.

La tubéreuse lui dérobe
Son arome le plus troublant.
Mes rêves volent en tremblant
Dans le sillage de sa robe.

Sur ses seins, qu'elle sait cacher
Et montrer par coquet manège,
On croit voir fleurir dans la neige
Une fleur rose de pêcher.

En sa prunelle de colombe
S'ouvre un abîme si profond,
Que, sans jamais trouver le fond,
Depuis toujours mon âme y tombe.

Je l'aime! Au bruit seul de ses pas
Comme un mourant je deviens blême.
Dire, oh! dire à quel point je l'aime,
Je ne peux pas! je ne peux pas!

Elle m'aime! Lorsqu'à la brune,
Sur le sable de son jardin
Mon pas s'entend, elle est soudain
Plus pâle qu'un rayon de lune.

Nous sentons nos cœurs s'embraser,
Et d'inexprimables délires,
Quand nous joignons nos deux sourires
Dont nous faisons un seul baiser.

Oh! que, défaillante et pâmée,
Heureuse tu l'enlaceras,
En la chaîne de tes beaux bras,
Ton bien-aimé, ma bien-aimée!

DEUILS

A Albert Tournier.

J'ai vu passer l'Amour sous de longs voiles noirs...
— Hélas! hier encore, heureuse entre les femmes,
Sa tendresse chantait d'ardents épithalames :
« Pour eux seuls l'aube avait d'ineffables revoirs,

Et pour eux seulement se constellaient les soirs;
Car le jour et la nuit puisaient en eux leurs flammes. »
Il mourut, emportant dans la tombe deux âmes;
Et tous les souvenirs furent des désespoirs.

Mais, faisant un doux bruit d'oiseau parmi les branches,
Et n'ayant point souci d'un plus large horizon,
Un petit enfant rose était dans la maison.

Tout le printemps riait en ses yeux de pervenches...
— Par une après-midi de la belle saison,
J'ai vu passer la Mort sous des couronnes blanches.

VERS LA BONNE FIN

A Joris-Karl Huysmans.

Hors du siècle, et de l'homme, et du mal triomphant,
Du dol, de la traîtrise et de la violence,
Sous la paix des arceaux : solitude et silence,
Le saint moine, à genoux, se sent un cœur d'enfant.

Il sait la gloire vaine et l'amour décevant.
Les lèvres de la Plaie où pénétra la lance
Sollicitent son âme; ardente, elle s'élance
Vers le Crucifié, qu'il adore, fervent.

Le reflet des vitraux, clairs du jour qui se lève,
Blasonne les piliers aux couleurs de son rêve.
En lui la Grâce abonde; et l'Espoir, infini,

Le soulève. Un frisson d'ailes avant-courrières,
— Doux miracle attendu, — frôlant son front jauni,
Émeut l'air saturé d'encens et de prières.

UNE SAINTE

A Mademoiselle Zélie Carnet.

Sur ces dalles de pierre, une Sainte, à genoux,
Aux pieds du Rédempteur a répandu son âme.
Les oraisons, ainsi qu'un parfum de cinname,
S'exhalaient de son cœur, que Dieu fit simple et doux.

Aspirant dès ce monde aux choses éternelles,
Vers l'Éden des élus tendait ce cœur ardent.
Elle vécut sereine et très pure, gardant
Une candeur d'enfance au fond de ses prunelles.

Elle ignora le mal et voulut tout le bien.
En son sourire ému souriait l'Espérance.
Entre elle et la misère, entre elle et la souffrance
La Charité divine était comme un lien.

A soulager le pauvre elle avait mis sa joie;
Trouvant sans le chercher le mot tendre et touchant.
Et tous la bénissaient, sa parole jonchant
De roses et de lys leur douloureuse voie.

Elle leur faisait croire à quelque heureux destin
Proche, en versant la foi dont son âme était pleine.
Toute larme séchait où passait son haleine,
Ainsi que la rosée aux souffles du matin.

Elle portait ton nom sacré, Vierge Marie!
Ses chimères, ses vœux, son rêve, son espoir,
Eussent ravi les yeux, si l'on eût pu les voir,
Comme aux mains d'un enfant une gerbe fleurie.

Lorsqu'elle contemplait le lumineux décor
D'un vitrail, où l'on voit des anges en prières,
De clairs rayons, filtrant au cristal des verrières,
Posaient sur ses cheveux leur auréole d'or.

L'orgue, roulant le flux de ses ondes sonores
Des voûtes du parvis à l'autel consacré,
Emplissait cet esprit, de lumière altéré,
D'un éblouissement vertigineux d'aurores.

Rien d'obscur ne voilait son cœur, pur diamant ;
Car sa pensée était — de pitié consumée —
La lampe au sanctuaire ineffable allumée,
L'inextinguible étoile au front du firmament.

De son être émanait la grâce essentielle :
Ce charme inconscient fait d'intime ferveur.
Sans l'épuiser jamais, elle offrait au Sauveur
Le trésor de vertus qu'elle portait en elle.

Un soir, en soupirant l'irrévocable adieu,
— Le cœur plein de regret et de mélancolie :
Sa tâche n'étant pas tout entière accomplie, —
Elle joignit les mains et s'endormit en Dieu.

Dans l'église de Clairvaux (Jura).

NOEL

A François Coppée.

Un anxieux frisson a passé sur la terre ;
Et, bien que soit profond le silence, pourtant
On ne sait quoi, dans ce silence, espère, attend
L'heure où va s'accomplir l'ineffable mystère.

Sur la paroi du roc lisse, au creux du ravin,
Le croissant, grêle et clair, épand ses rayons pâles.
Un mol égouttement de fluides opales
Roule dans l'air nocturne ainsi qu'un lait divin.

Mais, en fins tourbillons, soudain la neige tombe ;
Et, recouvrant le sol de la plaine au coteau,
Sur la sainte Judée éploie un blanc manteau
Que l'on dirait pris au duvet de la colombe.

Le pin sur les plateaux érigeant son fût droit,
Par moments éparpille une floraison blanche,
Quand du vent hiémal, qui court de branche en branche
Avec un lent soupir, passe le souffle froid.

En corolles d'argent et d'une grâce brève,
Parmi les noirs rameaux aux tremblements légers,
Le givre a fait fleurir aux arbres des vergers
Un printemps de féerie en un pays de rêve.

Et les flocons serrés s'amoncelant sans bruit,
Il semble que le ciel, par un symbole insigne,
Tisse, la revêtant de blancheur comme un cygne,
Un manteau virginal à cette auguste nuit.

*
* *

Joseph, le charpentier, et sa femme Marie,
Montant de Galilée, et très pauvres, hélas!
Au bourg de Bethléem, les pieds poudreux et las,
N'avaient trouvé de place en nulle hôtellerie.

Un vieillard qui passait les ayant appelés,
Leur offrit une étable où reposer. La crèche
Étant fournie abondamment de paille fraîche,
On en jeta sur l'aire. Et, ses yeux étoilés

Clos enfin lentement, un sourire à la lèvre,
L'Épouse sommeillait; cependant que l'époux
Écoutait trembloter, mélancolique et doux,
Venu d'un angle obscur, un bêlement de chèvre.

La Vierge dort, et parle à mi-voix en rêvant;
Et lui, tout attendri prolongeant sa veillée,
D'une vieille chanson qu'on chante en Galilée
Berce son cher amour comme on berce un enfant.

Au plafond est pendue une lampe d'argile.
Lors, Marie, entr'ouvrant ses beaux yeux de velours,
Voit s'avancer le bœuf avec l'âne, à pas sourds :
Mais le couple s'arrête, et regarde, tranquille,

La Dame blonde, au front de lys, qui se rendort.
Le bœuf et l'âne ont dans les yeux une caresse;
Et la lampe qui brûle à la poutre maîtresse
Allume en leur prunelle une paillette d'or.

*
* *

Minuit!... minuit!... Une ère nouvelle se fonde!
Il naît, le Rédempteur!... Et, par enchantement,
Semble s'évanouir, à son vagissement,
La malédiction qui pesait sur le Monde!

— Mais, venus des vallons, des collines venus,
Accourent les bergers; et leur joie est si vive
Que le rire se mêle à leur chanson naïve,
Quand de l'Enfantelet ils baisent les pieds nus.

En des coffrets de cèdre enveloppés d'un voile,
Apportant et la myrrhe et l'encens, les trois Rois,
Dans des feux d'escarboucle et des éclairs d'orfrois,
Paraissent, s'arrêtant quand s'arrête l'Étoile.

Après qu'ils ont rendu leur hommage à l'Enfant.
Les Rois se sont remis en route dans la neige;
Et, longtemps, du côté que suit le noir cortège,
On entend dans la nuit barrir un éléphant.

Mais les bergers voulant attendre là l'aurore,
Ils improvisent un concert, qu'ils vont rythmant
Du pied. Et leur voix rude alterne agrestement
Avec la molle flûte et le pipeau sonore.

*
* *

Or, cependant, à l'heure où, sous le grand ciel bleu,
L'homme a senti déjà plus légère sa chaîne,
Au profond des forêts, sous l'écorce d'un chêne,
Croît l'atroce gibet où doit mourir un Dieu !

Mon Fils

A MON FILS

Ce que pour toi sera la vie : ou miel, ou fiel,
Tu l'ignores. Pourtant, vaille que vaille,
On peut s'y plaire, on peut l'aimer. Comment? Travaille!
Vois-tu, pour alléger les heures, rien de tel !

Si le Sort te provoque, il est essentiel
Que tu forges toi-même une armure à ta taille.
Fais-la de pur acier que nul glaive n'entaille ;
Puis, sans vaine jactance, accepte le cartel.

Et, d'ailleurs, moi vivant, ta cause étant la mienne,
Js serai ton second. Moi mort, quoi qu'il advienne,
Sois loyal ; c'est encor la plus haute vertu.

Si le triomphe, hélas ! te refuse ses fêtes,
Garde du moins, mon fils, à travers les défaites,
L'impérissable orgueil d'avoir bien combattu.

Dans ton berceau tremblant voici que tu sommeilles.
Quel songe chaste et doux sur tes lèvres vermeilles
Fait éclore un sourire? Et vers quel Paradis
Tends-tu tes petits bras? O mon cher ange, dis :
Ton âme s'en va-t-elle où s'en allait mon âme,
Lorsqu'enfant je sentais en moi luire une flamme
Semblable au feu paisible, ineffable et voilé
D'une lampe d'autel?

Dans le ciel étoilé
Ma pensée incertaine errait, ouvrant son aile
Aux souffles de la nuit clémente et solennelle;
Et montant d'un seul bond, en un joyeux essor,
Légère, se mêlait au vol des astres d'or.

Depuis, bien des soucis ont fait ma vie amère,
Et troublé la candeur de l'ancienne chimère.
Mon âme ne sait plus le chemin de l'azur ;
Et je n'aurais gardé rien de bon, rien de pur,
Si je ne t'avais pas, ô doux être que j'aime !
Pour me rendre au travail, au devoir, à moi-même.
Je veux revivre en toi les beaux jours révolus.
O joie ! ai-je parfois pleuré ? Je ne sais plus.

Dors tranquille, et souris à ta vision blanche.
Sur ton sommeil, heureux, apaisé, je me penche ;
Et j'oublie, attendant ton réveil, tes baisers,
Les maux que j'ai soufferts et ceux que j'ai causés.
Et, par un charme exquis bercé jusqu'à l'aurore,
Les yeux mouillés de pleurs, je crois sentir encore
Flotter autour de moi, dans un parfum d'encens,
Mes rêves de jadis, mes rêves innocents.

LA VEILLÉE

Pâle ! Voyez comme il est pâle, le chéri !
Ses deux grands yeux, encore agrandis par la fièvre !
Ne t'ont pas reconnu, pauvre père ! et sa lèvre
Depuis quatre longs jours, hélas ! n'a point souri.

Avez-vous vu tomber le soir sur un front blême,
Un front d'enfant malade et qui pourrait mourir ?
L'obscurité, comme un linceul, vient le couvrir;
Il ne voit pas qu'on pleure et ne sent plus qu'on l'aime.

Mais la fièvre s'apaise. Il paraît sommeiller.
Sous la lueur voilée et douce de la lampe,
On dirait d'un Enfant-Jésus de vieille estampe.
Je m'endors près de lui, sur le même oreiller.

Puis soudain pris d'angoisse à quelque rêve sombre,
Je l'étreins, suppliant : « Non, non! je ne veux pas!... »
Car l'ingrat m'a semblé répondre « oui », tout bas,
A quelqu'un d'inconnu qui l'appelait dans l'ombre.

Mort, tu n'oserais pas le prendre à mon baiser!
Tu ne vas pas, ô Mort! me le voler peut-être!
Va-t'en et me le laisse encor ce petit être
Frêle comme un roseau qu'un souffle peut briser.

C'est une froide nuit d'hiver, tout étoilée.
Une lente, une longue, une éternelle nuit,
Pleine de visions d'enfant blond qui s'enfuit,
Et d'une petite âme innocente envolée,

Mais voici l'aube, enfin! O joie! il a souri!
Tenez, il se soulève, il me regarde; il cause
Avec moi, doucement. Sa joue est déjà rose!
Rose! voyez comme il est rose, le chéri!

A UN VOYAGEUR

Partez, ô mon ami, vers les ciels toujours bleus,
Sur le glauque océan semé d'îles fleuries,
Où de vieux rois pensifs, couverts de pierreries,
Ont conservé les mœurs des héros fabuleux.

Fuyez notre ciel gris et nos floraisons brèves.
O chercheur d'idéal! Allez vers l'Orient,
Allez! allez emplir, joyeux et souriant,
Vos regards de lumière et votre âme de rêves.

Saluez en passant l'Hellade aux marbres blancs,
Où la brise a gardé des parfums d'ambroisie.
D'augustes souvenirs de grande poésie
Y palpitent parmi les portiques croulants.

Puis, vous irez de l'Inde ardente qui flamboie,
Et dont la djungle abrite un rôdeur fauve et roux,
Au Japon qui cisèle et fleurit ses bambous :
Du pays de la pourpre au pays de la soie.

Partez, moi je demeure, heureux, ne sachant pas
De spectacle plus doux, de joie aussi profonde,
Que de voir mon enfant, cher ange à tête blonde,
M'appeler d'un sourire en me tendant les bras.

Afin que nulle ombre ne voile
Dans tes yeux bleus pleins de candeur
La tremblante lueur d'étoile
Qui palpite en leur profondeur,

Que rien ne t'émeuve ou t'épeure
Par les chemins que tu suivras,
O mon petit enfant! demeure
En l'asile sûr de mes bras.

Pour te faire légère l'heure,
Souris-tu, je souris aussi;
Mais, las! si tu pleures je pleure :
Mon chagrin naît de ton souci.

Si parfois ma main prend la tienne,
Lorsque tu sembles t'en aller,
C'est qu'il faut bien que l'on retienne
L'oiselet près de s'envoler.

Une exquise musique est faite
De tes frais rires ingénus.
Oh ! si tu savais quelle fête
De te voir gambader pieds nus !

Pourvu que je baise ta joue,
Je rayonne et suis triomphant.
Tu me dis : « Viens jouer ; » je joue,
Et me sens une âme d'enfant.

Le soir, pour t'endormir, je chante
— Et tout mon cœur est dans ma voix —
La chanson naïve et touchante
Que chantait ma mère autrefois,

Quand le sommeil sur ma paupière
Faisait pleuvoir son sable d'or,
Abrégeant mon humble prière.
— Au temps où je priais encor.

*
* *

Puissions-nous vivre de la sorte,
Sans regret des jours révolus ;
Et puisse le flot qui nous porte
N'avoir point de fatal reflux.

Puisse la Providence amène
Qui m'a fait ce destin charmant,
Vers la tombe où tout sentier mène
Me guider, mais bien lentement.

Lentement, car mon rêve, en somme,
C'est de voir — oh ! le rêve cher ! —
Mon enfant devenir un homme,
Et croître loyal, libre et fier.

Oh ! lentement ! — Demeure encore,
N'aspirant pas à d'autres biens,
La petite âme à son aurore
Qui mêle ses espoirs aux miens.

La vie ainsi faite m'est douce;
Et le seul vrai bonheur m'a lui.
Laisse-moi vieillir sans secousse,
Exempt de tristesse et d'ennui.

Puis quand viendra l'heure dernière,
L'heure du repos sans réveil;
Lorsque se clora ma paupière
Trop faible au poids du jour vermeil;

Ne pleure pas mon fils, et chante
A ton père vieux et lassé,
La chanson naïve et touchante
Dont jadis il t'avait bercé.

Table

Les Femmes de Shakespeare

Sonnets bibliques

Le Cantique des cantiques

Sonnets évangéliques

La Chanson des Couleurs

Talons rouges

Sur la Frise

Sur la Cimaise

Caprices

Selon l'Heure

Mon Fils

M DCCCCI E. G.

SIC VOS NON VOBIS

E. G.

L. G. 15 AVRIL

SIC VOS NON VOBIS

E.G.

www.ingramcontent.com/pod-product-compliance
Ingram Content Group UK Ltd.
Pitfield, Milton Keynes, MK11 3LW, UK
UKHW031844260826
14628UKWH00002B/577

9 782011 755216